KB062426

로크미디어가
유혹하는
재미있는 세상

ROK
MEDIA
로크미디어

위대한 항해 1

2023년 5월 16일 초판 1쇄 인쇄
2023년 5월 19일 초판 1쇄 발행

지은이 이윤규
발행인 강준규

기획 이기헌 왕소현 박경무 강민구 조익현
책임편집 최전경
마케팅지원 이원선

발행처 (주)로크미디어
출판등록 2003년 3월 24일
주소 서울시 마포구 마포대로 45 일진빌딩 6층
Tel (02)3273-5135 **Fax** (02)3273-5134
홈페이지 rokmedia.com **E-mail** rokmedia@empas.com

ⓒ 이윤규, 2023

값 9,000원

ISBN 979-11-408-1030-7 (1권)
ISBN 979-11-408-1029-1 04810 (세트)

위대한 항해

이윤규 대체역사 소설 ①

✽ 운현궁의 노안당

CONTENTS

1장

울릉도에서 유전이 발견되었다

대한민국도 이제 산유국 반열에!

203X년.

대한민국 대륙붕 개발은 지난하다.

수없는 자금과 인력을 투자했으나 번번이 실패하고 말았다. 가장 큰 어려움은 제7광구로, 일본의 흉계로 인해 손도 대지 못했다.

그래서 대한민국은.

울릉도 일대를 제8광구로 획정하고는 지속적으로 유전 탐사와 시추를 실시해 왔다.

그러던 203X년 드디어 대규모 유전을 발견했다.

심지어 그 매장량은 무려 200억 배럴.

대한민국 하루 소비량의 1/4인 100만 배럴을 50년 이상 생산할 수 있는 어마어마한 양이다. 이 소식으로 인해 원유 선물 시장이 출렁였으며, 전 세계에서 축전이 쇄도했다.

그러나 일본은 아니었다.

일본은 울릉 유전이 독도와 가깝다는 이유로 처음에는 개발도 못 하게 막으려 했다. 그러다 대한민국이 계속적인 개발에 나서자 이번에는 공동개발을 주장하고 나섰다.

양국은 격렬한 분쟁에 휩싸였다.

대한민국은 즉각 독도에 대한 역사적 자료를 전 세계에 배포하며 고유영토임을 천명했다. 일본은 이런 대한민국에 맞서 국제사법재판소의 제소와 함께 경제제재를 들고나왔다.

그러나 대한민국은 이에 굴하지 않고 정식 생산을 강행했다. 그러자 일본은 즉각 2개의 호위대군(護衛隊群)을 시마네현의 이즈모(出雲)로 집결시켰다.

대한민국이 이에 대응하여 제7기동함대를 급파하고 남중국해를 방어하고 있던 항모전단을 동해로 불러들였다.

2020년대에 들어서면서 동아시아는 급격한 군사력 증강이 이뤄졌다. 대한민국도 여기에 발맞춰 소형항공모함을 도입하려 했다.

그러다 중국의 해군력 증강에 부담을 느낀 미국의 권유로 중형항공모함으로 바뀌었다. 한국형항모건조는 동아시아 일대의 군비증강을 촉진시켰다.

중국은 항모 확보 계획을 앞당겨 2035년까지 총 6척의 항모를 보유하기로 결정했다.

일본도 군비 경쟁에 가세했다.

일본은 미국의 협조를 받아 대한민국과 같은 중형항공모함을 건조하기로 결정했다. 이러한 군비 경쟁은 미국의 의도가 다분히 포함되어 있었다.

미국의 정책 변화를 대한민국은 크게 반겼다. 과거였다면 군사비가 부담되었겠지만 지금의 대한민국은 세계 10위의 경제대국이다.

대한민국은 적극 대응했다.

제약을 받고 있던 미사일 사거리 제한도 거의 없앴다. 수직이착륙기인 F35B도 도입했으며 미국과의 동맹 단계도 격상시킬 수 있었다.

그리고 한국형 항모의 건조에 맞춰 적극적으로 해군력을 증강시켰다. 각종 해군 함정을 대대적으로 건조하였으며 중단했던 3번 수송함 백령도를 와스프급으로 격상시켜 건조했다.

항모를 인도받은 대한민국 해군은 제주기지에 항모전단을 배치했다. 그러고는 제7기동전단을 동해로 이동 배치하며 제7기동함대로 확대 재편했다.

동해에 전운(戰雲)이 감돌기 시작했다.

그러다 마침내 도래한 정식 생산일.

제7기동함대의 기함, 백령도.

백령도에는 해병 제1사단 소속 해병원정여단 병력이 탑승해 있었다. 이대진 소령은 원정여단 작전과장으로 격납고에 선적되어 있는 각종 장비들을 점검하고 있었다.

그런 대진에게 작전담당관이 다가왔다.

"필승! 과장님, 여단장님께서 부르십니다."

"그래? 여단장님은 어디 계시지?"

"항공아일랜드에 계십니다."

"알았어."

대진이 들고 있던 파일을 넘겨주었다. 그러면서 볼펜으로 서류의 한 부분을 짚었다.

"여기까지는 내가 확인했으니 김 중위가 나머지를 점검해 줘."

"예, 알겠습니다."

강습상륙함 백령도는 2개의 아일랜드를 보유하고 있다. 함수아일랜드는 상륙함의 운용을, 함미아일랜드는 함재기의 운용을 전담한다.

대진이 승강기를 타고 함수로 올라갔다. 함수아일랜드에는 해병대와 공군 지휘관들이 모여 있었다.

대진이 해병여단장에게 다가갔다.

"필승! 소령 이대진, 부름을 받고 왔습니다."

해병여단장 장병익 대령이 답례했다.

"이 과장, 어서 와."

대진은 공군 지휘관에게도 인사했다.

"필승! 안녕하십니까? 전단장님."

항공작전전투비행단장이 답례했다.

"어서 오게."

백령도함은 수직이착륙기 F-35B와 V-22 오스프리(Osprey), 마린온 헬기 등 40여 기의 함재기를 운용한다. 이런 함재기의 운용과 관리를 공군이 담당하고 있었다.

대진이 다른 지휘관들과도 인사를 나눴다. 기다렸던 해병 여단장이 확인했다.

"이 과장, 장비 점검은 다 했나?"

"점검을 하고 있었는데 여단장님께서 부르셔서 김원석 중위에게 넘겨주고 왔습니다."

"그랬구나. 이리 와 봐라."

지휘관들 전면에는 투명 스크린이 넓게 자리하고 있었다. 스크린에는 동해안 일대가 표시되어 있었으며 대한만국의 7기동함대와 이즈모 방면의 일본 함대의 움직임이 실시간으로 표시되고 있었다.

"보는 것처럼 이즈모의 일본호위대군이 움직이기 시작했다. 그런데 인공지능의 분석에 의하면 예측 항로가 유전 방면이 아니고 독도로 나왔어."

대진의 목소리가 높아졌다.

"예? 독도로 예상되다니요? 그러면 저들이 독도를 강점하려 한다는 말씀입니까?"

"그래, 그래서 참모들을 소집한 거야."

이때였다.

일본 함대에서 비행물체가 이륙하는 상황이 현황판에 나타났다. 공군 참모가 현황판에 반응하는 펜으로 물체를 짚으며 보고했다.

"F35B로 추정됩니다."

"제독님께 보고 드려라!"

"알겠습니다."

통신관이 급히 마이크를 들었다. 이어서 스피커에서 7기동함대사령관의 목소리가 들려왔다.

"일본 함대 이즈모(出雲)에서 F35B편대의 기동이 확인되었다. 지금 즉시 대응 출격하라."

항공전단장이 마이크를 들었다.

"이즈모에서 F35B편대가 날았다. 1편대는 지금 즉시 대응 출격하라!"

왜~앵!

명령이 떨어지고 몇 분 되지 않아 백령도 갑판에서 F35B편대가 줄지어 이륙했다. 수직으로 날아오른 전투기들은 편대 대형을 갖추고는 그대로 동쪽으로 날아갔다.

이날 오후, 날씨가 급변했다.

평온하던 날씨가 갑자기 비바람을 동반한 폭풍우가 바다를 뒤덮었다. 일본의 도발에 맞설 준비를 하던 제7기동함대는 먼저 자연을 상대해야 했다.

이런 상황이 5시간여를 지속할 무렵.

대진의 시야에 유전으로 접근하는 유조선이 들어왔다.

"여단장님, 유조선이 유전으로 접근하고 있습니다. 석유 선적을 정상적으로 진행하는 것 같습니다."

여단장 장병익이 망원경을 들었다. 그러자 해상 유전에서 장치가 뻗어 나오는 것이 확인되었다.

울릉 유전에는 특이한 플랜트가 설치되어 있다. 바다 위의 정유 시설인 FPSO가 그것이다.

바다 위의 정유 시설로 불리는 FPSO은 심해 지역에 떠서 (Floating), 원유를 추출하고(Production), 탱크에 저장했다가 (Storage), 운반선에 기름을 건네주는(Offloading) 기능을 한다.

채취 · 정제 · 보관 · 하역이 가능하다.

FPSO는 본래는 자체 엔진이 없어서 자력 항해가 불가능하다. 그러다 한국의 S중공업이 세계 최초로 자항추진 FPSO를 건조했다.

울릉 유전의 FPSO도 자항이 가능한 시설로, 본래는 유럽 선사에 인도될 물건이었다. 그러나 유럽 선사가 파산하는 바람에 인도가 불가능해진 것을 한국석유공사가 협상해 대물로 매입해 설치되었다.

"대단하구나. 이렇게 날씨가 험한데도 작업에 문제가 없나 보구나."

대진이 건의했다.

"여단장님, 일본 해상자위대가 저 작업을 그대로 지켜보지만은 않을 것입니다. 지금부터 경계 태세를 한 단계 격상시켜야 하지 않겠습니까?"

"제독님께 건의해야겠다."

장병익이 통신관을 바라봤다.

"제독님께 연결해 줘."

"예, 알겠습니다."

잠시 후 통신관이 수화기를 넘겨주었다.

─제독님, 장병익입니다.

─그래, 장 여단장. 무슨 일인가?

─울릉 유전이 정상적으로 작업을 진행하고 있습니다. 일본이 그 상황을 그대로 지켜보지 않을 것이니 경계 태세를 강화하는 게 좋지 않겠습니까?

─음……! 우리 함대는 비상대기 중이니 별문제가 없다. 허나 독도경비대는 경계 태세를 늦췄을 수 있으니 연락을 취해야겠어.

─저희가 연락을 하겠습니다.

-그렇게 하라.

교신을 마친 장병익이 지시했다.

"이 과장이 독도로 연락을 취하도록 해."

"예, 알겠습니다."

대진이 통신관에게 다가갔다. 여단장의 지시를 들은 통신관이 알아서 독도와 연결해 주었다.

-독도경비대장 황인수입니다.

-해병원정여단 작전과 소령 이대진 과장입니다.

-반갑습니다, 과장님.

-예, 반갑습니다. 방금 유전이 선적 작업을 시작했는데 알고 계십니까?

-예, 여기서도 확인했습니다.

-일본은 울릉 유전의 정식 생산을 절대 인정하지 않을 것입니다. 그래서 호위대군을 2개나 출동시킨 것이고요.

-원정여단은 악천후에도 불구하고 일본이 독도를 침략할 거라고 예상하시는군요.

-그렇습니다.

-바다 상태가 험악해 해상 침투는 어렵지 않겠습니까? 독도는 선착장 주변을 제외하면 평상시에도 상륙하기 어려운 지형입니다.

-저도 해상은 아니라고 생각합니다.

-그렇다면 공중뿐인데…… 가능하겠습니까?

-일본은 우리와 같이 V-22 오스프리를 보유하고 있습니다. 오스프리는 오늘 같은 악천후에도 정상 작전이 가능해서 일본이 도발한다면 오

스프리를 운용할 것이 분명합니다.

황인수가 침음했다.

–으음! 일본 특경대 전원이 투입될 수도 있다는 말씀이군요.

–그래서 걱정입니다. 일본 특경대는 우리의 특전 부대에 버금가는 전투력을 보유하고 있습니다. 더구나 무장은 솔직히 우리보다 뛰어나고요.

황인수가 잠시 말을 멈추었다. 그러더니 뭔가를 결심하고는 무거운 목소리로 대답했다.

–알겠습니다. 만일 그런 일이 발생하면 일본 특경대가 독도에 절대 발을 들여놓지 못하게 만들겠습니다.

대진은 순간, 황인수가 무슨 결심을 했는지 짐작되었다. 그러나 그 생각을 겉으로 드러내지 않고 격려의 말만 전했다.

–수고해 주십시오. 독도경비대의 움직임에 따라 우리도 즉각 대응하겠습니다.

–잘 부탁드립니다.

대진은 굳은 표정으로 수화기를 내려놓았다. 그 모습을 장병익이 보고는 먼저 호출했다.

"이 과장."

"예, 여단장님."

"독도경비대에서 뭐라고 그러는데 안색이 굳어진 거야?"

대진이 주저하다가 대답했다.

"독도경비대장이 아무래도 강력하게 대처하려는 것 같습니다."

"당연히 강력히 대처를 해야지. 이 과장은 그렇게 하면 안 된다고 생각하고 있는 거야?"

"아닙니다. 당연히 그렇게 해야지요."

"그런데 왜?"

"제 느낌으로는 일본이 도발해 온다면 독도경비대장은 대공 포가 아닌 대공미사일로 선제타격을 감행할 것 같았습니다."

장병익의 눈이 커졌다.

"뭐라고? 선제타격? 그것도 대공미사일로?"

"예, 여단장님께서도 아시겠지만 독도에는 몇 년 전 10기 의 천마미사일이 배치되었습니다. 독도경비대장의 말을 분석해 보면 아마도 그 미사일을 사용할 가능성이 높습니다."

대진이 황인수와의 대화 내용을 보고했다. 보고받은 장병 익의 표정이 더없이 무거워졌다.

"으음! 선제타격 때문에 일본에 꼬투리를 잡히는 건 아닌 지 모르겠다."

"저는 오히려 이럴 때일수록 강력 대처가 좋다고 생각합니다."

"양국이 강대강의 대치를 하고 있는데도?"

"그렇습니다. 일본은 울릉 유전의 정상 가동을 어떻게 해 서라도 막으려고 할 것입니다."

장병익도 동조했다.

"그렇겠지. 유전이 가동되기 시작하면 지금과는 환경이 전혀 달라지지. 일본의 문제 제기도 그만큼 더 어려워질 것이고."

"그래서 일본은 무슨 수를 쓰더라도 독도를 강점하려 시도할 것입니다. 그런 일본이라면 강력한 선제공격이 오히려 좋습니다."

"좋아. 이 과장의 생각을 제독님께 정리해서 보고하도록 해."

"예, 알겠습니다."

대진이 급히 자리를 옮겼다.

그리고 함대 인트라넷을 통해 자신의 의견을 함대참모부로 전달했다. 보고받은 손인석도 독도경비대의 대처를 묵시적으로 동조했다.

그리고 얼마 후.

일본호위대군의 이즈모함에서 3척의 비행물체가 기동했다. 제7기동함대 레이더는 곧바로 V-22임을 확인하고는 전 함대와 독도경비대에 최고의 비상경계령을 하달했다.

독도의 황인수가 공습경보를 켰다.

애~앵!

지난 몇 개월간 여러 고비를 넘겨 왔다. 그러나 이번처럼 공습경보가 울린 경우는 없었다.

이어서 황인수가 입을 열었다.

─경비대장이다. 방금 일본군이 우리 독도를 무력 점령하기 위해 3기의 수직이착륙기를 날렸다. 그 안에는 일본의 특경대가 타고 있을 것이

분명하다. 모든 대원들은 자신의 자리를 사수할 각오를 갖고 상황에 임해 주기 바란다.

"……."

누구도 입을 열지 않았다. 잠깐의 시간이 흐른 뒤 황인수의 말이 이어졌다.

─나는 이번 기회에 우리의 결의가 어떻다는 것을 세상에 보여 줄 생각이다. 그래서 일본이 독도에 대한 도발을 다시는 못 하도록 만들어 주려 한다. 거기에 따른 모든 책임은 내가 지고 갈 것이다. 그러니 대원들은 자신의 책무만 다해 주기 바란다.

황인수가 무전기를 내려놓았다. 옆에 있던 부대장 이운하가 놀란 나머지 말을 더듬었다.

"대, 대장님, 지금 무엇을 하려고 이런 말씀을 하시는 것입니까?"

"이 경감."

"예, 대장님."

황인수가 자신의 생각을 밝혔다. 그의 말을 들은 이운하의 안색은 시간이 지날수록 창백해졌다.

"대장님, 그건 미친 짓입니다. 선제타격이라니요. 잘못했다간 정말 큰일이 납니다."

황인수가 고개를 저었다.

"세상에는 간혹 미친놈이 하나씩 나와야 해. 그리고 그런 미친놈 때문에 세상이 바뀌는 거야."

"그래도 너무 무모합니다."

"아니야. 지금까지 우리는 너무 정석대로만 움직여 왔어. 그런 정석을 한 번은 뒤집을 때가 되었어. 그리고 간악한 일본 놈들에게는 때론 이런 무모한 방법이 더 잘 먹힐 수도 있어."

이러고는 황인수가 레이더로 다가갔다. 이운하도 잠시 머뭇거리다가 한숨을 내쉬며 뒤를 따랐다.

"일본 해상자위대의 V-22가 어디까지 왔지?"

"100㎞ 전방입니다. 시속 400㎞로 항진하고 있어서. 앞으로 25여 분 후면 독도에 도착할 것입니다."

"좋아. 그러면 우리 대공미사일의 운용에는 문제가 없겠지?"

"……그렇기는 합니다."

"우리 대공미사일의 탐지 거리가 20㎞지?"

"그렇습니다. 탐지는 20㎞, 추적은 16㎞ 가능합니다."

"좋아! 목표가 탐지 거리에 들어오면 곧바로 미사일을 개방한다. 그러고는 유효사거리에 들어오면 즉각 선제타격을 가한다."

대원의 얼굴이 해쓱해졌다.

"선제타격을 하라고요?"

"그래, 모든 책임은 내가 질 것이다. 그러니 귀관들은 걱정 말고 내 명령에 따르도록 해."

"……"

레이더 전담 대원들이 쉽게 답을 못 했다. 그런 대원들을,

황인수는 어깨를 몇 번 두드려 주며 다독였다.

"제7기동함대의 정보에 따르면 V-22에는 일본 특경대가 타고 있다고 한다. 만일 그들이 여기에 하강한다면 일본호위대군은 그들의 안전을 위한다는 핑계로 대대적인 군사도발을 감행할 거야. 그렇게 되면 저들의 정면으로 충돌할 수밖에 없어."

이운하가 거들었다.

"그렇게 되면 우리는 전부 죽은 목숨이겠군요."

"그렇지. 그래서 저들을 선제타격하는 게 지금으로선 최선이야."

"⋯⋯알겠습니다. 지시에 따르겠습니다."

레이더 전담 대원이 한쪽에 부착되어 있는 작은 함을 열었다. 그러고는 자판을 몇 번 두드리고는 보고했다.

"미사일이 본 레이더와 연결되었습니다."

"적기가 탐지 거리로 들어오면 지체 없이 작업을 시작하도록 해."

"예, 대장님."

그리고 잠시 후.

"탐지 시작."

"적기를 추적합니다."

"발사 유효사거리 도착 10초 전."

"⋯⋯발사!"

레이더 전담 대원이 모니터를 두드리고는 버튼을 눌렀다. 그러자 미사일 발사대의 뚜껑이 열리고는 3기의 미사일이 연속으로 쏘아졌다.

지대공미사일이 발사됨과 동시에 일본 해상자위대 V-22도 이를 탐지했다. V-22는 크게 당황해하며 곧바로 회피기동에 들어갔다.

그러나 그들의 움직임을 독도 레이더는 정확히 따라잡고 있었다. 그리고 독도에서 미사일이 발사될 거라고는 예상하지 못한 탓에 이들의 회피기동은 무위로 끝났다.

"명중, 명중, 명중. 3기 모두 명중했습니다."

이 순간.

"와!"

제7기동함대의 모든 함정에서 환호가 터져 나왔다. 레이더에서 신호가 사라지는 장면을 본 대진도 자신도 모르게 주먹을 움켜쥐었다.

"되었다."

일본호위대군은 독도에 지대공미사일이 설치되었다는 사실을 몰랐다. 그래서 대공포만을 염두에 두고 특경대를 투입했다가 불벼락을 맞은 것이다.

일본 함대는 크게 당황했다. 한동안 조용하던 이들은 각 함정에서 10발의 미사일을 발사했다.

대한민국 제7기동함대에서는 즉각 대응했다. 일본이 미사일을 발사하자마자 백령도의 방어체계는 바로 미사일을 재원을 확인했다.

그와 동시에 각 함에 목표를 할당했다. 목표물을 할당받은 제7기동함대 함정도 실시간으로 요격미사일을 발사했다.

슝! 슝! 슝! 슝!

이때였다.

거센 폭풍우가 몰아치고 있던 하늘에서 엄청난 규모의 적란운(積亂雲)이 형성되었다. 그러고는 어마어마한 크기의 번개가 하늘을 메웠다.

그렇게 휘몰아치던 번개는 양측에서 발사한 미사일을 집어삼키고는 대폭발을 일으켰다.

번쩍! 꽈꽝!

해병여단장 장병익은 서서히 정신이 들었다. 그런 그가 가장 먼저 느낀 것은 지독한 두통이었다.

"으~."

그런 그의 귀로 낯익은 목소리가 들렸다.

"이제 정신이 드십니까?"

장병익이 인상을 쓰며 눈을 떴다. 그러자 대진이 자신을 내려다보고 있는 것이 보였다.

장병익은 급히 몸을 일으켰다.

"이게 어떻게 된 거야?"

"저도 상황을 잘 모르겠습니다. 일본 미사일과 우리 요격 미사일이 적란운에서 동시에 폭발하면서 어마어마한 폭발음과 새하얀 빛이 주변을 뒤덮은 것만 기억납니다."

그러자 옆에 있던 참모장이 부언했다.

"아무래도 그 폭발의 여파로 우리 모두가 잠깐 기절한 듯합니다."

장병익은 어이가 없었다.

"에이, 폭발이 아무리 크다고 해도 그렇지 어떻게 우리 모두가 기절을 해? 그보다 피해 상황은? 적군의 상황은 파악되었나?"

대진이 보고했다.

"제가 깨어났을 때는 모든 전산이 먹통이었습니다. 그러다 차츰 복구되고 있는데 레이더만은 아직 완전히 복구되지 않았습니다."

"완전하지 않다고?"

"예, 레이더에는 우리 함대도 전부 보이지 않는다고 합니다. 일본호위대군과 일본 방면 그리고 본토 방면도 먹통이고요."

"그래?"

장병익이 급히 레이더로 다가갔다.

"어떻게 된 거야?"

통신관이 보고했다.

"레이더에 이상이 있는지 우리 주변만 표시되고 있습니다. 보시는 대로 일본호위대군은 물론 일본 본토도 전혀 감지되지 않고 있습니다."

이때 항공작전단장이 다가왔다.

"초계비행이라도 시켜 볼까요?"

장병익이 아일랜드 밖을 바라봤다. 밖은 조금 전보다 더 세찬 폭풍우가 몰아치고 있었다.

"아닙니다. 그보다 제독님을 먼저 만나 뵙는 게 좋겠습니다."

"알겠습니다. 같이 넘어가시지요."

잠시 후.

이들은 함수아일랜드로 올라갔다. 장병익이 머리에 붕대를 감은 손인석을 보고는 깜짝 놀랐다.

"아니, 제독님. 머리에 웬 상처입니까?"

손인석이 씁쓸하게 웃었다.

"정신을 잃고 넘어질 때 머리를 다쳤네."

"이런, 많이 다치셨습니까?"

"아니야, 괜찮아. 그보다 이게 대체 어떻게 된 상황이야."

장병익도 고개를 저었다.

"저희들도 어찌 된 상황인지 몰라서 넘어왔습니다. 혹시 다른 함정과는 교신해 보셨습니까?"

이기운 부사령관이 나섰다.

"방금 교신을 해 봤는데 모두 같은 상황이야. 더구나 상당수 함정은 아예 통신조차 되지 않아."

"유전과 독도는요?"

"다행히 두 곳은 교신을 했어. 2척의 유조선과 인도선 3척 그리고 해경 선박과도 교신했고."

장병익이 한숨을 내쉬었다.

"하! 대체 어찌 된 상황인지 모르겠습니다."

대진이 급히 나섰다.

"제독님, 잠함과는 교신이 되었습니까?"

통신관이 대신 대답했다.

"방금 도산 안창호를 비롯한 3척 모두 교신에 성공했습니다."

대진이 말을 받았다.

"아! 3척 모두라니, 그나마 다행한 일이구나."

대진의 말을 들은 손인석이 의아해했다.

"이 과장, 다행한 일이라니. 그럼 다른 함정에는 문제가 발생했다고 생각하는 건가?"

대진이 자세를 바로 했다.

"아닙니다, 제독님. 지금으로선 무엇도 속단할 수 없습니다."

"그런데 왜 그런 말을 한 것이지?"

"날이 밝아져 봐야겠지만 뭔가 이상하다는 생각이 갑자기 들었습니다. 통신관들이 확인한 바에 따르면 우리 백령도를 포함한 모든 레이더에는 일정 범위밖에 관측되지 않는다고 합니다. 그 말을 들으니 조금 전의 폭발로 우리가 이상한 구역에 갇힌 것이 아닌가 하는 생각이 들었습니다."

"이상한 구역에 갇혔다?"

"예, 그래서 조금이라도 사람이나 무장이 많은 것이 좋겠다는 생각이 불현듯 들었습니다."

"으음!"

침음하던 손인석은 통신관을 불렀다.

"통신관, 각 함에 연락해 모든 상황을 철저히 확인하라고 지시해. 보유 장비의 고장 유무는 물론이고 인원까지 말이야."

"알겠습니다."

그리고 백령도 함장에도 지시했다.

"함장, 우리 백령도도 모든 장비와 인력을 점검하도록 해."

"예, 제독님."

대진이 건의했다.

"제독님, 이런 상황에서는 만일에 대비하는 것이 좋습니다. 기왕이면 독도와 유전, 그리고 민간 선박과 해경도 전수 조사를 하는 게 좋을 듯합니다."

손인석이 그 자리에서 승인했다.

"좋아. 대비하는 차원에서도 그게 좋겠어."

통신관이 제독의 방침을 각지로 전했다.

다음 날.

폭풍우는 밤을 넘기고서야 겨우 잦아들었다. 그럼에도 전날의 상황은 조금도 달라지지 않았다.

손인석은 탄식했다.

"하! 이게 대체 어떻게 된 거야? 우리 이외에는 아무것도 잡히지가 않는다니. 정말 우리가 이상한 구역에라도 갇힌 건 아닌지 모르겠구나."

대진이 건의했다.

"제독님, 우선은 전투기라도 띄워서 주변을 살펴보는 편이 좋지 않겠습니까?"

"그래야겠다."

곧이어 여명과 함께 4기의 F35B가 날아올랐다. 그렇게 날아오른 F35B는 이내 사방으로 흩어졌다.

이어서 마린온 1기도 날아올라서는 울릉도 방면으로 날아갔다. 날아오른 기체 중에서 영상을 가장 먼저 보낸 것은 마린온이었다.

그런데 마린온 헬기가 보내온 영상이 너무도 이상했다. 울릉도 하면 가장 먼저 보여야 할 항구는 물론 공항도 보이지가 않았다.

대부분의 지휘관들이 크게 술렁였다.

"······."

"저게 대체 어떻게 된 거야? 울릉도가 왜 저렇게 변한 거야."

"그러게 말입니다. 이건 마치 다른 섬 같습니다."

지휘관들은 실시간으로 들어오는 영상에 모두들 놀랐다. 울릉도는 아름드리나무로 뒤덮여 있었으며 민가도 거의 보이지 않았다.

그러나 이건 시작에 불과했다.

본토와 일본을 살피러 갔던 전투기가 보내온 영상에 지휘관들은 경악했다. 울산은 아예 한촌(寒村)에 불과했다. 그나마 경주는 도시 모습을 하고 있었지만 기와집과 초가가 전부였다.

이뿐이 아니었다. 영상에 비친 사람들은 하나같이 사진에서 보던 조선시대의 모습이었다.

일본의 상황도 예외는 아니었다. 이즈모 등이 정박해 있던 항구는 작은 포구에 불과했다. 그리고 해안을 따라 형성된 마을들도 전형적인 과거의 일본이었다.

이쯤 되니 좀 더 면밀히 확인해야 할 필요성이 느껴졌다. 그러나 전투기의 채공 시간이 짧아 수박의 겉핥기만 하고 돌아와야 했다. 지휘부는 급히 채공 시간이 훨씬 긴 V-22를 출격시켰다.

이윽고 V-22가 촬영한 본토와 일본의 주요 도시들의 영상이 도착했다. 그것을 본 지휘부는 할 말을 잃었다. 결정적으로, 이전이었다면 가 볼 엄두도 못 냈던 평양의 영상을 보고는 상황을 인정하지 않을 수 없었다.

지휘관들은 충격적인 영상을 볼 때마다 웅성거렸다. 그러다 한양과 평양 도심을 보고는 하나같이 입을 다물었다.

백령도아일랜드에 잠시 침묵이 감돌았다. 그런 침묵을 손인석의 긴 한숨이 깨트렸다.

"후! 영상을 보고도 믿을 수가 없구나. 우리가 과거로 넘어와 있다니. 이기운 제독, 우리가 조선으로 왔다는 사실을 믿어야겠지?"

이기운도 침통한 목소리로 대답했다.

"예, 저도 믿기지 않지만 믿지 않을 도리가 없을 것 같습니다."

워낙 놀란 탓인지 이기운의 말투가 이상했다. 그럼에도 누구 한 사람이 이를 지적하지 못했다.

다른 사람은 황당해하며 당황해하고 있었다. 그러나 단 한 사람, 대진만은 무언가를 생각하며 연신 메모를 하고 있었다.

장병익도 잠시 넋을 잃었었다. 그러다 대진의 모습을 보고 그가 무엇을 하고 있는지 궁금해졌다.

"이 과장, 지금 무엇을 하고 있는 거지?"

순간 아일랜드의 지휘관들의 시선이 일제히 한곳으로 쏠렸다. 대진은 모두의 시선이 몰리자 당황했으나 이내 정색하고서 대답했다.

"믿을 수 없는 일이지만 벌어진 현실입니다. 그래서 저는 이후에 무슨 일을 해야 할지, 생각을 적고 있었습니다."

그 말에 손인석이 큰 관심을 보였다.

"놀랍구나. 다른 사람은 지금의 현실을 받아들이지 못해 정신을 차리기 어려운 상황이다. 그런데도 이 과장은 앞으로의 일을 생각하고 있었다니. 무슨 계획을 세웠는지 말해 줄 수 있겠나?"

대진이 쑥스러운 표정을 지었다.

"발표하려고 기록한 것이 아니었습니다."

"그래도 괜찮아. 지금 상황에서는 누군가는 생각의 물꼬를 터 주어야 해. 그래야 모두들 현실을 받아들이면서 적극 대처할 수가 있어."

"알겠습니다. 그러면 대충 정리한 내용이라도 말씀을 드리겠습니다."

"좋아. 그렇게 해."

"저는 사실 전날 밤부터 상황이 이상하다는 느낌을 받았었습니다."

"맞아. 이 과장이 어제 우리가 이상한 구역에 갇혀 있는 것 같다는 발언을 했었지."

"예, 사실 그때부터 '혹시?' 하고 생각했습니다. 그러나 너무 황당한 생각이어서 그 정도로 말씀을 드렸던 것입니다."

"좋아. 계속해 봐."

"근거지를 만드는 것이 우선입니다. 지금 겪고 있는 현상이 원 상태로 돌아간다는 보장이 없는 한, 근거부터 만들어야 합니다. 우리가 아무리 바다와 가깝다고 해도 언제까지나 바다에 머무를 수는 없는 일입니다. 앞으로의 일을 도모하기 위해서라도 근거는 반드시 필요합니다."

손인석도 동조했다.

"좋은 생각이야. 생각해 둔 곳이 있나?"

대진이 주저 없이 대답했다.

"울릉도입니다."

"울릉도?"

"예, 그렇습니다. 제가 알기로 조선은 지금 공도(空島)정책을 시행하고 있을 것입니다. 전형적인 행정 편의주의 정책이지만 지금의 우리에게는 더없이 좋은 상황입니다."

"비어 있는 울릉도를 근거지로 삼자?"

"그렇습니다. 물론 허가받지 않고 넘어온 본토 주민이 살고 있겠지만 그 정도는 쉽게 제압할 수 있습니다. 그렇게 본거지를 정하면서 지금의 어느 때인지를 정확히 파악할 필요가 있습니다."

손인석이 적극 동조했다.

"맞는 말이다. 시대를 알아야 우리가 무엇을 어떻게 해야 할지 판단할 수 있겠지."

"그렇습니다. 그러고는 모든 장병들에게 지금의 상황을

알려 줘야 합니다."

손인석의 눈이 커졌다.

"모든 장병에게 알리는 건 위험하지 않겠어?"

"그래도 해야 합니다. 개별적으로 상황을 전달해 주면 불신이 쌓일 우려가 있습니다. 그리고 이전이었다면 상명하복에 맞춰 조치해야 했겠지만 이제는 아닙니다. 지금은 나이와 계급을 떠나 모든 장병들의 의사를 최대한 존중해 줘야 합니다. 그래야 나중에 발생할 수 있는 불미스러운 사태를 미연에 방지할 수 있습니다."

장병익이 가세했다.

"모든 상황을 투명하게 하자는 거구나. 그러지 않고 일방적인 조치를 시행하면 반발하는 사람이 나올 수 있다는 말이로군."

"그렇습니다. 시간이 걸릴 수도 있지만 반드시 모두의 의견을 모아야 합니다. 그리고 현실 상황에 적응하지 못한 인원에 대한 조치도 필요합니다. 분명 우리 중에 여러 이유로 부적응자가 발생할 수밖에 없습니다. 저는 그런 인원에 대해 반드시 적극적인 조치를 시행한다고 생각합니다."

그 말을 들은 손인석의 표정이 심각해졌다.

"그래야겠지. 그들도 분명 우리 일행 중 하나니까?"

"그렇습니다."

대진의 보고는 한동안 이어졌다.

보고를 듣는 모든 지휘관들의 표정은 더없이 심각했다. 그러나 그 와중에도 오랜 시간 준비한 듯 주저 없이 진행되는 대진의 보고에 감탄을 연발했다.

이날 오후.

2척의 마린온이 백령도를 이륙했다.

타! 타! 타! 타!

마린온은 울릉도를 향해 날아가다가 양쪽으로 갈라졌다. 갈라진 마린온은 얕게 날면서 섬의 상황을 백령도로 전송했다.

이때 스크린에 놀라운 광경이 비쳤다.

누군가 영상을 보고 소리쳤다.

"저건 일본인입니다!"

"아니, 일본인이 울릉도에는 왜 있는 거지?"

"그러게 말입니다."

지휘관들이 크게 술렁였다. 엄연한 조선 영토인 울릉도에 일본인이 살고 있을 거라고는 누구도 예상하지 못했기 때문이다.

2장

　모두가 놀랐으나 이내 몇 명은 정신을 차렸다. 그중 한 명
이 침착하게 상황을 예측했다.

　"조선의 공도정책은 국초 이래 지속되어 왔습니다. 아마도
그러한 정책이 지속되는 틈을 저들이 악용한 것 같습니다."

　다른 지휘관이 동조했다.

　"동감입니다. 조선이 공도정책을 시행하게 된 원인은 왜
구들 때문입니다. 반면 왜구였던 일본인들은 수시로 울릉도
로 넘어와 양질의 목재를 벌목해 갔다고 합니다. 지금 울릉
도에 있는 일본인들은 그런 목적으로 들어온 자들이 분명합
니다."

　대진은 내심 감탄했다.

'역시 우리 지휘관들의 능력은 대단해. 처음 접한 상황이었음에도 바로 정신을 차리고 분석을 내놓고 있어.'

손인석이 확인했다.

"어떻게 했으면 좋겠나?"

"몇 명을 잡아들여 조사해 보겠습니다."

"좋아. 그렇게 하자."

손인석이 통신관을 불렀다.

"통신관, 현장의 마린온에게 일본인 몇을 잡아 오도록 연락하게. 아울러 조선 사람들도 두셋 모셔 오게 하고."

"예, 알겠습니다."

병석의 고향은 삼척이다.

어려서 부모가 돌아가신 바람에 친척집을 전전하며 갖은 고생을 했다. 먹고살기가 너무 힘들었던 그에게 장가는 언감생심이었다.

그런 병석이 바라는 것은 울릉도로 넘어가는 것이었다. 울릉도에는 착취하는 탐관오리도 없고 자신을 괴롭히는 토호도 없었다.

지세가 험하지만 산에는 산채가 지천이고 바다는 물 반 고기 반이라고 한다. 그래서 나이가 들면서 늘 울릉도로 넘어가는 꿈을 꾸어 왔다.

그러기를 몇 년, 드디어 기회가 왔다.

자신과 잘 아는 김 씨가 몇몇 가족과 함께 울릉도로 넘어가려 한다는 말을 들었다. 병석은 김 씨에게 평생 헌신하며 살겠다는 약조를 하고는 그의 가족과 함께 배를 탔다.

10여 명이 겨우 타는 쪽배를 타고 바다를 건너는 일은 지난했다. 다행히 죽지는 않았으나 사흘 동안 거의 죽음 직전까지 가는 고생을 해야 했다.

그렇게 넘어온 울릉도는 천국이었다.

땅은 더없이 거칠고 험했으나 먹을 것이 지천이었다. 바다가 있어 열심히 움직이기만 하면 먹고사는 일은 걱정이 없었다.

누구의 간섭도 받지 않았다. 함께 온 김 씨는 호형호제하면서 가족이나 다름없게 되었다.

그런데 그렇게 몇 년을 보내던 병석에게 상상할 수 없는 일이 발생했다. 갑자기 하늘에서 굉음과 함께 어마어마한 물체가 내려온 것이다.

"으악! 저게 뭐야!"

놀랍게도 그렇게 내려온 물체에서 이상한 모습의 사람들이 쏟아져 내렸다. 하늘에서 내려온 사람들은 하나같이 이상한 쇠몽둥이를 들고 있었다.

병석은 정신이 아득해졌다.

싸움이라면 누구에게도 지지 않을 자신이 있었다. 그러나 저항하면 안 된다는 느낌이 온몸을 휘돌자 곧바로 무릎을 꿇고 머리를 땅에 박았다.

"살려 주십시오. 시키는 대로 할 터이니 제발 목숨만 살려 주십시오."

하늘에서 내려온 사람들, 즉 헬기로 하강한 특전대원들은 잠시 당황했다. 어떠한 위해를 가하지 않았음에도 온몸을 웅크리며 벌벌 떠는 병석의 모습에 주춤한 것이다.

그러나 중요한 건 임무 완수였다.

"정중히 모시도록 해."

"알겠습니다."

특전대원이 다가오자 병석은 더 몸을 떨었다.

"아이고. 제발, 제발 살려 주세요."

이때였다.

"걱정 마십시오. 우리는 그대를 해치려고 온 사람이 아닙니다. 질문할 사항이 있어서 모시는 것이니 순순히 제 말에 따라 주세요."

놀랍게도 우리말을 하고 있었다.

두려움에 떨던 병석이 두 눈을 크게 뜨고 고개를 들었다. 그러다 얼굴에 위장크림을 바른 특전대원과 눈을 마주친 순간 급히 머리를 박았다.

특전대원은 이런 병석을 어르고 달래 겨우 헬기에 태웠다. 그러고는 다른 사람도 똑같은 과정을 반복하고는 헬기에 태웠다.

"출발!"

타! 타! 타! 타!

두 사람을 태운 헬기는 이내 날아올라 백령도로 넘어왔다. 이어서 약간의 시차를 두고 일본인을 태운 마린온도 무사히 임무를 완수하고 떠올랐다.

대진이 귀환 헬기를 맞았다.

백령도 갑판에 내린 조선인의 모습을 본 대진은 기가 찼다. 함께하고 있던 김원석 중위의 입에서는 신음처럼 탄식이 터졌다.

"아아! 이건 정말, 아무리 화전을 일구고 산다지만 상상 이상입니다. 어떻게 저렇게 더러울 수가 있습니까? 입고 있는 옷도 누더기지만 행색이 마치 몇 년은 씻지도 않은 것 같습니다."

대진도 한숨이 절로 나왔다.

"후! 정말 최악이구나."

"과장님, 저 사람들을 이대로 제독님께 데리고 가도 괜찮겠습니까? 옷은 그렇다지만 몸은 씻기기라도 해야겠습니다."

대진이 고개를 저었다.

"아니야. 보기에 불편하겠지만 이대로 보여 드리도록 하자. 지금은 현실을 제대로 파악하는 것이 더 중요해."

원석이 고개를 저었다.

"후! 갑자기 걱정이 됩니다. 울릉도니까 이렇다지만 만일 본토까지 이렇다면 정말 답이 없을 것 같습니다."

"그러지는 않을 거야. 열악한 것은 맞겠지만 이 정도까지는 아닐 거야."

그러나 이렇게 말한 대진도 가슴 한편에서는 불안감이 스멀거리며 피어오르고 있었다.

대진이 고개를 저으며 애써 불안감을 털어 내고 있을 때 일본인을 태운 헬기도 착륙했다.

그리고 문이 열리면서 겁에 질린 일본인들이 헬기에서 내렸다. 그 모습을 본 김원석 중위의 입에서 그대로 욕이 터져 나왔다.

"이런 씨발, 저게 대체 뭐야? 어떻게 주인보다 객인 일본 놈들의 상태가 더 좋은 거야?"

그랬다.

일본인도 얇은 옷 하나를 입기는 했다. 그러나 그들이 입고 있는 옷은 그래도 깨끗했으며 몸 상태는 한눈에 봐도 조선인과는 확연한 차이가 났다.

대진의 얼굴도 절로 굳어졌다.

갑판에는 항공기를 유도하기 위해 공군 장병들이 활동하

고 있었다. 이들은 아직까지 정확한 상황을 알지 못하고 있었다.

그러나 뭔가 이상하다는 정도는 말을 하지 않아도 알고 있는 상황이었다. 그런 장병들은 너무도 차이가 나는 조선인과 일본인의 모습에 크게 술렁였다.

대진은 급히 지시했다.

"이들을 모두 함수아일랜드로 데리고 가."

"예, 알겠습니다."

해병여단 병력이 네 사람을 인도했다. 상상도 하지 못한 곳에 온 탓에 네 사람은 몸을 덜덜 떨면서 고분고분 지시에 따랐다.

지휘관들의 반응도 다르지 않았다. 너무도 차이가 나는 두 나라의 모습에 대부분 탄식과 함께 분노 어린 표정을 지었다.

손인석이 지시했다.

"이 과장, 심문을 시작하게."

"예, 제독님."

대진이 병석에게 다가갔다.

"이름이 어떻게 되지요?"

"이병석이라고 하옵니다."

"나이는 몇입니까?"

"23입니다."

지휘관들이 술렁였다. 병석의 겉모습은 거의 40대였기 때문이다.

대진의 질문이 이어졌다.

"지금이 몇 년도 몇 월이지요?"

병석의 표정이 어리둥절해졌다.

"몇 년도라니요?"

"아! 지금 국왕이 재위한 지 얼마나 되었나요?"

대진이 황급히 질문을 정정하자 병석이 골똘히 생각하다가 대답했다.

"금년은 계유년(癸酉年)이고 지금은 3월입니다. 그리고 금상 전하께서 보위에 오르신 지 올해로 10년 된 것으로 아옵니다."

참모 중 누군가가 열심히 모니터를 두드렸다. 그러더니 뭔가를 메모해 대진에게 건넸다.

"지금의 국왕이 몇 번째이지요?"

"26대이옵니다."

"나라 이름이 조선 맞나요?"

병석이 의아한 표정을 지었다.

"조선 말고 다른 나라가 또 있사옵니까?"

대진은 내심 감탄했다.

병석의 겉모습은 추레하고 어리석어 보였다. 그런데 시간이 지날수록 당당하게 제 말을 하는 모습이 제법 속이 단단해 보였다.

대진이 제독에게 보고했다.

"이분의 말이 맞는다면 지금은 고종 재위 10년째인 1873년 3월입니다."

주위가 한 번 더 술렁였다.

손인석이 손을 들어 주변을 제지했다.

"좋아! 지금부터 조선의 사정과 일본인이 왜 울릉도에 들어와 있는지, 그리고 인원은 얼마나 되는지 조사해 보게."

"아래로 데려가 조사하겠습니다."

"그렇게 해."

대진이 조선인과 일본인을 데리고 들어갔다. 그 모습을 잠시 보던 손인석이 참모장을 불렀다.

"우리가 보유한 물자와 인원에 대한 정리는 끝났겠지?"

"그렇습니다."

손인석이 지시했다.

"우리 함대는 물론 해병대와 공군의 주요 지휘관, 그리고 독도경비대와 유전과 민간 선박의 선장과 주요 간부들을 전부 소집시키게. 인원이 상당할 것 같으니 소집 장소는 본 함의 영화관으로 하게."

"예, 알겠습니다."

백령도 갑판에는 F35B를 비롯한 V-22, 마린온 등이 탑재되어 있었다. 제독의 지시가 떨어지자 탑재기들이 전부 격납고로 내려갔다.

갑판이 비워지자 각 함정과 유전에서 일제히 헬기가 떠올랐다. 그렇게 떠오른 헬기는 몇 번이나 백령도를 오가며 사람을 실어 날랐다.

함대 참모장이 보고했다.

"제독님, 모두 모였습니다."

"해병여단과 항공작대지휘관도 불러들였나?"

"그렇습니다. 본 함의 지휘부도 집결했습니다."

"가자!"

손인석이 의자에서 일어났다. 그런 그를 10여 명의 참모들이 뒤를 따랐다.

손인석이 영화관으로 들어섰다. 그러자 웅성거리던 영화관이 일순간 쥐죽은 듯 조용해졌다.

뚜벅뚜벅.

손인석이 잠시 멈칫했다.

그는 한숨을 내쉬고는 당당히 안으로 들어섰으며 조용한 실내에는 그의 발소리만이 유난히 크게 들렸다. 뒤따르던 지휘관들은 한쪽에 놓인 의자에 앉았으며 손인석도 교탁 앞에 섰다.

손인석이 참석자들을 둘러봤다.

참석자들은 하나같이 무슨 일이 일어나고 있다는 사실을 알고 있는 눈빛이었다. 손인석은 그런 눈빛을 한 몸에 받자 절로 몸이 굳어졌다.

그러나 그는 모두를 이끌어야 하는 최고 지휘관이었다. 손인석이 굳은 표정으로 교탁을 두 손으로 짚었다.

"여러분께서는 우리가 처한 상황을 대강은 짐작하고 있을 겁니다."

손인석이 손을 들었다. 거기에 맞춰 전면의 스크린에는 항공기들이 촬영한 장면들이 비쳤다.

"아아!"

"아! 역시!"

동영상은 한동안 상영되었으며 그것을 본 모든 지휘관들이 탄식을 터트렸다. 그런 지휘관 중 일부는 격한 반응을 보이기도 했으나 손인석의 손짓에 이내 조용해졌다.

"나도 놀랍고 믿기지 않습니다. 그러나 지금 보는 영상이 지금의 본토와 일본, 그리고 울릉도의 실제 상황입니다."

참다못한 누군가가 소리쳤다.

"제독님, 그럼 우리가 과거로 왔단 말씀입니까?"

"그렇습니다."

순간 실내가 더없이 시끄러워졌다. 손인석이 참석자들을 말리지 않고 기다려 주었다.

그러다 민간인 한 명이 벌떡 일어났다.

"돌아갈 수 있는 길은 없는 겁니까?"

"솔직히 모릅니다."

웅성거림이 더 커졌다.

"그래도 돌아갈 가능성이 있다면 공연히 이런 분위기를 만들 필요는 없지 않겠습니까?"

손인석이 씁쓸한 표정을 지었다.

"나도 그러고 싶습니다. 그러나 언제 돌아갈지도 모르는 상황에서 그저 넋 놓고 기다릴 수는 없는 일 아닐까요?"

"그, 그렇기는 합니다만."

손인석이 그의 말을 잘랐다.

"군은 사기와 기강을 먹고삽니다. 만일 돌아갈 가능성만을 믿고 무작정 기다린다면 군의 기강이 대번에 흐트러질 겁니다. 그렇게 한 번 흐트러진 기강은 쉽게 원래대로로 돌아가기가 어렵습니다."

이때 다른 민간인이 소리쳤다.

"그럼 앞으로 우리는 어떻게 됩니까?"

"그 문제를 논의하기 위해 여러분을 이 자리에 모신 것입니다. 지금까지는 어떠한 결정도 내려진 적이 없습니다."

이때 민간인 한 명이 일어났다. 그는 앞서서 소리치던 다른 사람들과 달리 정중하게 인사하고는 자신을 소개했다.

"안녕하십니까? 저는 한국석유공사 상무이사 강인원입니다."

"아! 상무님께서 울릉 유전에 계셨군요."

강인원이 고개를 고개를 끄덕였다.

"예, 울릉 유전의 상업 생산을 지휘하기 위해 왔다가 이런 일을 당했네요."

그렇게 말한 강인원은 잠시 만감이 교차한 표정을 지었다. 그런 그를 바라보는 참석자들의 표정도 하나같이 비슷했다.

"우선 지금이 어느 때인지 알고 싶습니다."

그 말에 손인석이 고개를 돌렸다. 그러자 대기하고 있던 대진이 서류와 마이크를 들고 일어났다.

"그 질문은 제가 대답해 드리겠습니다. 안녕하십니까? 저는 해병원정여단 작전과장을 맡고 있는 소령 이대진입니다. 저희들이 확인한 바로는 1873년 3월 고종 재위 10년입니다."

한 번 더 장내가 술렁였다.

강인원이 의아해했다.

"직접 확인하셨다고요?"

"그렇습니다."

대진이 조금 전의 상황을 설명했다. 참석자들은 더 술렁였으며 강인원이 바로 질문했다.

"그런데 어떻게 울릉도에 일본인들이 거주하고 있단 말입니까?"

"저희들이 조사한 바에 따르면 이즈모국(出雲国)과 오키국(隱岐国) 주민이라고 합니다."

"그게 어디입니까?"

"두 지역은 우리가 알고 있는 시마네 현입니다. 참고로 일본은 나라시대 때 열도를 국으로 나눴으며 그 행정구역이 지금까지 그대로 이어져 오고 있습니다."

"그렇군요. 그런 일본인들이 조선의 공도정책의 틈을 노리고 무단침입을 한 것이군요."

"그렇습니다. 확실한 것은 좀 더 파악해 봐야겠지만 200여 명이 살고 있다고 합니다."

"우리 조선은요?"

"100여 명이 안 된다고 합니다."

장내가 또 술렁였다.

대진이 설명했다.

"조선에서는 관리를 파견해 무단으로 들어온 주민들만 데리고 갔다고 합니다. 그리고 그런 행위도 나라가 어수선해지면서 10년 넘게 관리가 파견되지 않고 있고요."

"1873년이라면 양국 모두 어수선한 시기군요."

"그렇습니다."

"그런데 놀랍네요."

"무엇이 말입니까?"

"저는 이런 초유의 사태가 발생하면 군이 주도적으로 사태를 이끌어 나갈 거라고 생각했습니다. 그런데 우리를 불러 상황을 설명하고 대책 논의에 참여시키고 있지 않습니까?"

이 질문에 손인석이 대답했다.

"이런 결정을 하게 된 것은 여기 있는 이대진 과장의 제안 때문입니다."

"아! 그렇습니까?"

"우리라고 해서 이런 상황에 당황하지 않을 도리가 없었습니다. 그런데 이 과장은 전날부터 만일의 상황에 대비해 나름의 대책을 강구했더군요. 그런 이 과장이 저에게 가장 먼저 제안한 것이 모든 상황의 공개와 참여였습니다."

참석자들의 시선에 일제히 대진에게 쏠렸다. 대진은 머쓱한 표정으로 설명했다.

"초유의 사태입니다. 누구도 이런 일이 발생할 거라고는 생각지 못했을 겁니다. 그리고 우리가 이곳에 온 것이 우리 모두에게 기회가 될 수도 있다는 생각을 했습니다."

많은 참석자들이 크게 고개를 끄덕였다.

"그러기 위해서는 우리 모두의 의견이 하나로 모여야 한다고 생각했습니다."

대진은 자신의 생각을 참석자들에게 천천히 설명했다. 그 설명을 들은 참석자들은 하나같이 고개를 끄덕이며 동감을 표했다.

강인원이 고마워했다.

"대단합니다. 이 과장님께서 그런 생각까지 하고 계셨을 줄은 몰랐습니다. 민간인을 대표해 이 과장님과 제독님께 감사의 인사를 드립니다."

대진이 고개를 저었다.

"아닙니다. 당연한 일을 한 것뿐입니다."

손인석이 동조했다.

"맞는 말입니다. 제가 생각해 봐도 정보 공유는 너무도 당연한 일입니다. 그래서 여러분을 모시게 된 것이고요."

"앞으로의 계획을 지금 논의합니까?"

손인석이 고개를 저었다.

"그렇지 않습니다. 먼저 지금의 상황을 모두에게 알려야 한다고 생각합니다. 그러니 여러분께서는 돌아가셔서 동료나 전우 들에게 지금 상황을 설명해 주십시오."

"알겠습니다. 바로 돌아가서 구성원들에게 사정을 알리겠습니다."

"그렇게 하십시오. 그리고 내일 오전 10시 모든 사람들을 집결시켜 주세요. 제가 담화문 형식의 발표를 하겠습니다."

"아! 그게 좋겠군요. 알겠습니다. 그렇게 조치하겠습니다."

손인석이 함장들을 둘러봤다.

"귀관들도 바로 돌아가 장병들에게 상황을 사실대로 전달해 주기 바란다."

함장 한 명이 손을 들었다.

"제독님, 갑작스러운 일에 충격을 받고 문제가 발생하는 장병들이 나올 가능성이 높습니다. 그에 대한 조치도 해야 하지 않겠습니까?"

"좋은 지적을 했다. 이 과장, 관련 조치 사항을 설명해 줘라."

"예, 알겠습니다."

고개를 끄덕인 이대진이 참석자들에게로 시선을 돌렸다.

"지적하신 대로 충격을 받는 인원이 분명히 발생할 것입니다. 다행히 우리 백령도에는 600개의 병상을 꾸릴 수 있는 시설이 준비되어 있습니다. 그래서 문제가 발생하는 인원은 본 함에 임시 수용해 치료할 계획입니다. 지속적으로 심리 상담도 실시할 예정입니다. 그러니 함장님과 민간인 여러분께서는 귀환하는 즉시 의사와 군의관들을 본 함으로 보내 주시기 바랍니다."

모두가 동시에 대답했다.

"알겠습니다."

손인석이 모두를 둘러봤다.

"갑작스러운 일을 당해 착잡하고 경황이 없을 겁니다. 그러나 정신 차려야 합니다. 우리가 흔들리면 우리를 믿고 따르는 휘하 장병과 직원은 더 크게 흔들립니다. 그러니 힘이 들더라도 꿋꿋하게 이겨 내시기 바랍니다. 그리고 진료 상담이 시작되면 여러분이 가장 먼저 상담을 받게 될 겁니다."

장내의 공기가 일순 무거워졌다. 그런 공기를 걷어 내기 위해 손인석의 목소리가 높아졌다.

"어쩌면 지금 우리가 여기에 온 것이 절호의 기회일 수도 있습니다."

그 말에 장내의 분위기가 술렁였다.

"제가 잠깐 살펴본 역사에 따르면 일본과의 강화도조약이 1876년이더군요. 이게 무엇을 의미하겠습니까?"

장내 분위기가 더 크게 술렁였다. 손인석이 그런 분위기에 불을 붙이려는 듯 말을 정리했다.

"우리 개개인에게도 더없는 위기입니다. 그러나 우리 전체로 보면 너무도 큰 기회일 수도 있습니다. 그러니 이런 상황을 장병들과 동료들에게 전해 주십시오. 그래야 동기부여와 함께 새로운 희망과 용기를 얻을 것입니다."

민간인 한 명이 소리쳤다.

"제독님께서는 조선 역사에 개입하시려는 것입니까?"

손인석이 딱 잘라 말했다.

"지금은 어떤 계획도 없습니다. 앞으로의 일정은 우리 모두의 의견을 모아 진행될 것입니다. 그러니 이 말도 분명하게 전달해 주시기 바랍니다."

"감사합니다. 제독님의 말씀을 반드시 전하겠습니다."

"자! 이제 돌아가십시오. 우리 백령도에는 해병여단 병력과 1,000명이 넘는 해군과 공군 병력이 근무하고 있습니다. 백령도의 각 부대 지휘관들도 이들에게 상황을 전해 주어야 해서 지금부터 정신이 없습니다."

이때 해병 지휘관 한 명이 일어났다.

"모두 일어서!"

그러자 참석자들이 일제히 일어났다.

"결단을 내려 주신 제독님께 대하여 경례!"

"필승!"

"충성!"

놀랍게도 군 지휘관들은 물론 민간인들도 일제히 거수경
례를 했다. 손인석은 갑작스러운 인사에 당황했으나 정자세
를 하고서 답례했다.

"충성!"

"바로! 해산!"

"해산!"

복창한 지휘관들은 일제히 극장을 나갔다. 단상에서 그런
지휘관들을 한동안 바라보던 손인석이 대진을 돌아봤다.

"촬영된 영상을 각 함과 민간에게도 보내 주도록 하게."

"예, 알겠습니다."

이날 오후.

백령도의 격납고에 해병원정여단 병력이 도열했다. 장병들
은 도열해 있는 병력을 한 번 둘러보고는 깊게 심호흡했다.

"오늘 귀관들을 집결한 이유는…….."

같은 시각, 다른 격납고에서는 공군과 해군 병력이 별도로
집결했다. 이들은 각각의 지휘관들에게 현재 상황을 전달받
았다.

대한민국의 입대 자원은 해마다 줄어들었다. 그로 인해

203X년쯤에는 병력 구성도 이전과는 확연하게 달라졌다.

육군 병력이 30여만으로 감축되었다.

전문적인 기술이 많이 요구되는 해군과 공군은 일반병 비율이 20% 정도로 대폭 줄었다. 그러나 해병대는 힘든 훈련을 견뎌야 함에도 불구하고 병사들의 지원 비율은 이전과 크게 달라지지 않았다.

군 지휘관들은 이런 해병대원들이 어떤 반응을 보일지 크게 걱정했다. 그러나 놀랍게도 웅성거림은 많았으나 의외로 극단적인 반응을 보이는 병사들이 없었다.

대진과 대부분의 지휘관들은 만일의 사태에 대비하고 있었다. 그런데 의외로 병사들의 침착한 반응을 보이자 오히려 어리둥절했다.

장병익도 장병들의 반응에 놀랐다. 그러나 동시에 돌발 상황이 발생하지 않은 것에 안도했다.

"충격이 클 것이다. 우리가 다시 돌아갈 수 있을지 없을지도 알 수 없다.……(중략)……지금의 상황이 어쩌면 절호의 기회일 수가 있다.……(중략)……내일 10시에 제7기동함대사령관님께서 우리 모두에게 담화를 발표하실 것이다. 그 담화가 끝나면 장병들에 대한 심리 상담을 진행할 예정이니 반드시 빠지지 말고 참석하기 바란다. 모두 알겠나?"

"예, 알겠습니다."

해산명령과 함께 장병들이 부대장들의 지휘에 따라 질서

있게 퇴장했다. 그렇게 퇴장하는 장병들은 의외로 어두운 표정보다 밝은 표정이 더 많았다.

장병익은 장병들이 해산하는 모습을 끝까지 지켜봤다. 그렇게 격납고가 모두 비워지고서야 장병익이 참모들을 둘러봤다.

"참모들은 저녁을 먹고 다시 모이도록 해. 사령관님께서 참모들과 향후 일정에 대해 하실 말씀이 있다고 한다."

"예, 알겠습니다."

대진이 인사하고는 자신의 방으로 갔다.

그런 대진을 담당관인 김원석이 뒤따르며 질문했다.

"과장님, 문제가 발생하지는 않겠지요?"

대진이 고개를 저었다.

"속단할 수 없어. 지금은 처음이어서 그냥 넘어갈 수도 있지만 시간이 지나면 달라. 갑자기 부모형제를 못 만나게 되었잖아. 그렇다고 돌아갈 수 있는지도 알 수가 없는 상황이고. 아니, 돌아가지 못한다는 말이 정확하겠지. 어쨌든 지금과 같은 상황이라면 외상후스트레스장애가 발생할 가능성이 높아."

"아! 맞습니다. 이런 상황이라면 그런 증세가 나타날 가능성이 높습니다."

"그래, 그러니 군의관들의 상담이 끝나더라도 주의해서 살펴야 해."

"알겠습니다. 그런데 조금 전의 반응을 보면 그런 일은 많이 발생할 것 같지는 않습니다. 여단장님이 말씀하시는 동안 장병들을 살폈는데 의외로 분위기가 나쁘지 않아 보였습니다."

대진도 동조했다.

"맞아. 장병들의 분위기는 예상 밖이었어. 마치 상황을 알고 있는 것처럼 말이야."

"혹시 소문이 난 건 아닐까요? 어제 근무했던 간부와 병사들은 이상 상황이란 사실을 알고 있었으니까요."

"그럴 수도 있겠네. 전날 아일랜드 두 곳에 근무했던 인원만 해도 수십 명이었으니 소문이 퍼졌을 가능성이 높겠어."

"어쨌든 분위기가 나쁘지 않아서 다행입니다."

대진이 크게 고개를 끄덕였다.

"그 말은 맞아."

그리고 이날 저녁, 참모들이 다시 모였다.

손인석이 먼저 입을 열었다.

"장병들의 분위기는 어때?"

백령도 함장 윤보영이 대답했다.

"의외로 활기가 넘칩니다."

"그래?"

"예, 대부분의 장병들은 좌절보다 미래에 대한 희망이 더 큰 것 같습니다. 그래서 삼삼오오 모여 앞으로의 문제를 토론하느라 정신들이 없습니다."

손인석이 안도했다.

"다행이구나. 장 여단장, 해병원정여단의 상황은 어떤가?"

"우리 해병대도 사정은 마찬가지입니다. 젊은 병사들이 많아 내심 몹시 걱정했는데 윤 함장의 말대로 앞으로의 일을 논의하느라 정신들이 없는 상황입니다. 간부들도 그런 토론에 적극 참여하고 있고요."

이어서 공군도 같은 상황을 전했다. 3명의 대답을 들은 손인석이 그제야 안도의 표정을 지었다.

"모두의 분위기가 나쁘지 않다니 그나마 다행이구나. 그럼 본론으로 들어가자. 내가 귀관들을 부른 까닭은 내일 하게 될 담화에 담을 내용을 건의받기 위해서야. 지금의 상황에서는 내 말의 무게감이 이전과는 판이할 거여서 신중하지 않을 수 없어."

부사령관이 나섰다.

"좋은 생각이십니다. 지금 같은 때는 중지를 모으는 것이 최선이지요."

"그래, 먼저 함대참모장부터 의견을 말해 보게."

김규식 대령이 대답했다.

"우선은 우리가 보유한 전체 자산을 알려 줘야 한다고 생각합니다."

"그렇게 생각하는 까닭이 무언가?"

"그래야 혼자가 아니라는 위안을 받을 수 있을 거라고 생각됩니다. 아울러 우리가 보유한 화력이 얼마나 막강한지를 알게 되면 더 자신만만해질 것이고요."

부사령관이 거들었다.

"간단하게 정리하면 우리는 부자이고 형제가 많으니 기죽을 필요 없다는 말이구나."

"하하하!"

참모들이 크게 웃었다. 함대참모장도 웃으면서 부사령관의 말에 동조했다.

"그렇습니다. 이번에 조사한 바에 따르면 우리 인원이 4,700여 명이라고 했습니다. 이 정도만 해도 상당한 인원이라고 할 수 있습니다."

손인석도 동조했다.

"무언가를 도모할 정도는 되지."

"그렇습니다."

장병익이 주문했다.

"우리가 보유한 전력은 어느 정도입니까?"

함대 참모장이 서류를 보며 설명했다.

"기함인 백령도함에는 40여 기의 함재기가 탑재되어 있습니다. 무인정찰기와 무인잠수정도 다수 보유하고 있고요. 해병 장비로는 탱크 6량, 장갑차 25량, 트럭 70대, 견인포 4문, 자주포 4문, 보급 차량 10대입니다. 함께 넘어온 함대 전력은 세종대왕급 이지스 구축함 2척, 지리산급 신형 이지스 구축함 3척, 대구급 호위함 3,800톤 1척, 소양급 군수지원함 1척입니다. 그리고 잠수함 전대 3척이 그대로 넘어왔습니다."

"독도와 유전 상황은요?"

"레이더와 대공포, 그리고 지대공미사일 7기와 통신시설과 자체 발전기, 해수담수화가 있습니다. 소총탄과 기관총탄, 그리고 대공포탄도 다량 보유하고 있습니다. 그리고 유전은 시추 설비 1기와 해상 정유 시설인 FPSO 1척, 5만 톤급 유조선 2척 그리고 인도선 3척과 1,000톤급 해경 선박 1척입니다."

"7기동함대 전력의 절반 이상이 빠졌군요."

"아쉽지만 그렇습니다."

손인석이 고개를 저었다.

"함께하지 못했다고 해서 아쉽지는 않아. 지금의 우리만으로도 어느 나라와 맞싸워도 지지 않을 정도잖아."

대진이 지적했다.

"송구하나 꼭 그렇지는 않습니다."

"왜? 영국이 만만치 않을 것 같아?"

"아닙니다. 문제는 우리 내부에 있습니다."

손인석의 눈이 커졌다.

"내부에 문제가 있다니? 그게 무슨 말이야?"

"가장 중요한 건 소모품입니다. 지금 우리가 보유하고 있는 총탄과 미사일 등을 사용하고 나면 재보급이 불가능합니다. 그래서 지금으로선 최대한 조심해야 합니다."

손인석이 자책했다.

"아! 그래, 맞아. 보급 문제가 있었지……. 하지만 일본과의 결전에 대비해 선적한 소모품의 양이 상당하잖아?"

"그렇기는 합니다. 그러나 단기전이면 모르지만 장기전이나 대규모 전쟁이 벌어진다면 결코 쉽지 않습니다. 더구나 각종 장비 부품의 재보급도 발목을 잡게 될 것이고요."

손인석이 한숨을 내쉬었다.

"후! 이 과장의 말을 들어 보니 간단치 않은 일이구나."

공군의 남우식도 거들었다.

"공군도 상황이 좋지는 않습니다."

"하긴, 공군의 소모품은 규모가 다르기는 하지."

대진이 다시 나섰다.

"예, 그래서 근거지를 확보하고 나면 최대한 빨리 대외 활동을 해야 합니다. 그래야 우리가 보유하고 있는 전투력을 유지할 수 있습니다."

손인석이 질문했다.

"이 과장은 우리가 조선에 적극적으로 개입해야 한다고 생각하나?"

"저는 그렇게 생각합니다."

"그렇게 생각하는 이유가 있겠지?"

"지금이 조선을 바로잡을 최후의 시간이기 때문입니다."

대진은 차분히 자신의 생각을 밝혔다. 생각할 부분이 많아서인지 설명이 끝난 뒤의 회의실에는 잠시 침묵이 감돌았다.

손인석이 감탄했다.

"놀랍구나. 이 과장이 거기까지 하고 있을 줄 몰랐다."

"감사합니다."

손인석이 모두를 둘러봤다.

"귀관들은 지금부터 이 과장처럼 갖고 있는 생각을 허심탄회하게 밝혀 보기 바란다."

이때부터 참모들은 적극적으로 의견을 개진했다. 그렇게 해서 모인 의견을 정리하고 다듬는 데 상당한 시간이 걸렸다.

그리고 다음 날 오전 10시.

모두가 기다리는 가운데 손인석이 마이크를 들고 입을 열었다.

─안녕하십니까? 제7기동함대 사령관 손인석입니다. 이번에 갑작스러운 미증유의 사태를 맞아 경황이 없을 것입니다. 솔직히 나도 그렇지만 지휘관들도 처음 겪은 일이어서 당황하고 있습니다. 그렇다 해도 자신의 본분을 망각하지는 않았다는 점은 분명히 말씀드릴 수 있습니다. 우리가 온 이곳은 조선시대로 1873년 3월입니다. 날짜는 확실치 않으나 대략 중순 정도로 보입니다.

이어서 보유 자산에 대한 설명이 진행되었다.

-……그런 자산과 함께 4,700여 명이 함께 넘어왔습니다. 우리는 이제 결정을 해야 합니다. 첫째, 조선의 정세에 적극 개입하는 방안. 그리고 둘째로 우리만의 새로운 나라나 단체를 만드는 방안이 그것입니다.

새로운 나라라는 말에 전체 분위기가 후끈 달아올랐다. 손인석은 그런 분위기를 느끼면서 담담히 말을 이어 갔다.

-우리가 이곳에 온 이상 어떤 방식으로든 시대와 어우러져 갈 수밖에 없습니다. 우리들끼리 따로 살 수 있는 방법은 없습니다. 설령 그런 방법이 있다고 해도 허무하게 모두에게 잊혀 버린 사람으로 살 수는 없는 일이고요. 그래서 결정을 해야 합니다. 어떤 방식으로 어떻게 살아야 하는지를 말이지요. 나는 그 모든 계획을 우리 모두 머리를 맞대어 결정하기를 바랍니다.

"와!"

집결해 있는 장병들의 탄성이 터졌다. 상명하복이 철저한 군 지휘관이 모든 사람들이 참여하는 계획을 제안했기 때문이다.

백령도와 해병여단 장병들의 함성이 워낙 커서 함수아일랜드까지 들렸다. 손인석이 장병들의 함성에 고개를 끄덕였다.

-그렇습니다. 여러분이 주인이고 여러분이 결정권자입니다. 지금부터 토의를 거쳐 여러분께서는 대의원을 선출해 주시기 바랍니다. 군은 20명에 1명을 선출합니다. 이 중 간부와 사병의 비율은 1 : 1로 규정합니다. 민간인분들과 경찰께서는 10명에 1명을 선출해 주십시오. 그리고 각 군의 참모들은 당연직으로 참여하게 됩니다……

인원 선발에 대해 로드맵을 제시되었다. 특히 사병과 간부의 비율을 1 : 1로 규정한 것에 대해 병사들은 크게 고무되었다.

닷새 동안의 토론이 시작되었다. 이 기간 동안 개인 또는 단체 심리 상담도 함께 진행되었다.

백령도에는 600개의 병상을 운용할 시설이 갖춰져 있었다.

여기에 해병원정여단 병력을 포함 3,000여 명의 장병들을 위한 5명의 군의관과 간호장교가 승선해 있었다.

각 함의 군의관들과 유전의 민간 의사들이 백령도로 넘어와 심리 상담을 진행했다.

처음에는 별다른 문제가 발생하지 않았다. 그러나 시간이 지나고 심리 상담이 진행되면서 속속 환자들이 발생했다.

환자들은 우선 독도의 민간인 숙소로 이송해서 수용했다.

독도에는 본래 6명의 주민이 살고 있었다.

그러다 일본과의 분쟁이 격화되면서 전부 울릉도로 피신해 있었다. 이렇게 비워진 민간인 숙소는 3층, 여섯 가구로 환자들을 격리 수용하는 데 문제가 없었다.

닷새 후.

모든 구성원들의 열렬한 참여로 대의원이 선발되었다. 선발된 대의원들이 가장 먼저 결의한 사안이 거점 확보였다.

몇 차례 정찰을 통해 일본인들과 조선 백성의 근거지는 파악되어 있었다. 그래서 대의원 회의의 결의가 있는 날 해병원정여단이 출동했다.

타! 타! 타! 타!

대진은 여단 작전과장이 된 이후로는 직접 헬기를 타고 출동한 적이 거의 없었다. 그런데 이번에는 조선인들을 위무하라는 여단장의 지시에 V-22에 탑승했다.

대진은 동행하는 병석을 바라봤다.

처음에는 몇 번을 덧대 기운 누더기에 머리를 정리하지 않아 40대로 보였다. 그러던 사람이 그동안 백령도에서 지내며 환골탈태되어 있었다.

'처음 볼 때만 해도 상거지였는데 불과 10여 일 만에 완전히 다른 사람이 되었어. 고생을 많이 해서 얼굴이 검은 것만 제외하면 우리와도 별 차이가 없을 정도야.'

대진이 이렇게 여길 만큼 병석의 모습은 이전과는 천양지차로 변해 있었다. 매일 목욕하면서 묵은 때가 벗겨졌다. 여기에 머리를 자르고 군복과 군화를 입고 신으니 완전히 다른 사람이 되었다.

대진의 시선을 느낀 병석이 돌아봤다. 두 사람의 눈이 마주치자 병석이 얼른 눈을 내리깔았다.

대진이 부드럽게 질문했다.

"무섭지 않아?"

병석이 얼른 대답했다.

"처음 탔을 때는 죽는 줄 알았습니다."

"지금은 아니라는 말이네?"

"신군(神軍)이 하는 일이니 무조건 믿고 따라야지요. 그렇게 마음을 먹어서인지 지금은 두렵기는 하지만 견딜 만합니다."

말은 이렇게 하면서도 병석은 잘게 몸을 떨고 있었다. 그러나 조금의 주저함도 없이 대답하는 그의 용기에 대진은 내심 감탄했다.

"우리가 신군? 왜 우리가 신군이라는 생각을 하게 되었지?"

"온 사방이 쇠로 만들어져 떠다니는 섬에서 살고 있습니다. 그리고 이렇게 하늘을 날 수 있으니 신군이 아니고 무엇이겠습니까?"

대진도 절로 고개가 끄덕여졌다.

"그런 생각을 할 수도 있겠구나."

"그리고 저를 돌봐 주던 김 담당관님께서도 여러분이 다른 세상에서 왔다고 하셨습니다."

"김 중위가 그런 말을 했어?"

"그렇사옵니다."

대진은 그동안 정신없이 바쁜 시간을 보냈다. 그래서 병석에 대한 관리를 김원석 중위에게 일임해 놓고 있었다.

"우리가 무섭지는 않아?"

병석이 위장크림을 바른 대진을 바라봤다.

"처음에는 그런 얼굴을 하셨을 때는 너무 놀랐습니다. 그러나 왜인들처럼 출정할 때 얼굴을 위장하기 위해 먹을 바른다는 말을 들은 뒤부터는 무섭지는 않습니다. 더구나 신군이 저를 죽이지 않을 거란 사실을 알고부터는 더 그렇고요. 하지만 두려운 것은 처음이나 지금이나 마찬가지입니다."

대진은 병석의 담대함에 놀랐다.

"성격이 아주 좋구나. 대화를 나누다 보니 의외로 병석 씨가 담대한 것 같아."

병석이 조심스럽게 인정했다.

"예, 소인은 어렸을 때부터 무서움이 별로 없었습니다. 그래서 주변에서는 사냥꾼이 되라고 많이 권유했는데 그러지를 못했습니다."

"왜? 하고 싶으면 하면 되지 않아?"

병석이 아쉬워했다.

"조총이 너무 비싸서 구입할 수가 없었습니다. 더구나 포수들은 자신들의 자식이나 지인이 아니면 사격술을 가르쳐 주지 않습니다."

"아! 그랬구나. 돈이 없어서 포수를 못 했어."

바로 이때였다.

V-22의 기내에 붉은 등이 켜지며 신호음이 울려 퍼졌다. 이어서 기장의 목소리가 들려왔다.

"목표 지점 도착! 하강 3분 전!"

대진이 병석의 안전벨트를 매며 당부했다.

"절대 이걸 풀면 안 돼. 우리 병력이 풀어 줄 때까지 꼭 이 자리에 있어야 해."

"예, 알겠습니다."

"하강 1분 전!"

벌컥!

V-22의 후면이 천천히 개방되었다. 이어서 하강을 담당하는 간부가 문에 서서 소리쳤다.

"전체! 기립!"

"기립!"

"하강 준비!"

"하강 준비!"

대적할 적이 없어서인지 장병들은 긴장하지는 않았다. 그럼에도 절도 있게 지휘관의 지시를 복창하며 하강 준비를 했다.

갑자기 굉음과 함께 V-22가 나타나자 지상은 난리가 났다. 사람들은 두려움에 주저앉기도 했으며, 놀라 사방으로 달아나기도 했다.

"하강!"

지휘관의 지시에 따라 해병대원들의 하강이 시작되었다. 대진도 모처럼의 하강을 부드럽게 마치며 지상에 착지했다.

먼저 도착한 해병대원들은 주변에 있는 주민들을 한 곳으로 모았다. 두려움 때문인지 이 조치에 누구도 반항하지 않았다.

이어서 병석이 대원과 함께 내려왔다.

대진이 그에게 지시했다.

"불안해하는 주민들을 먼저 다독이세요."

"예, 알겠습니다."

병석이 주민들에게 다가갔다. 병석을 알아보지 못한 주민들은 겁에 질려 몸을 떨었다.

병석이 중늙은이에게로 다가갔다.

"순돌 아버지. 저예요, 병석이."

"벼, 병석이라고요?"

"예, 잘 보세요. 머리를 깎고 옷을 바꿔 입었지만 병석이가 맞습니다."

중늙은이가 고개를 갸웃했다. 그러다 주춤거리며 다가와서는 이모저모를 살피다 눈을 크게 떴다.

"아이고, 병석이가 맞구나. 이게 대체 어떻게 된 거냐? 머리는 왜 자른 거고 얼룩덜룩한 이 옷은 또 뭐냐?"

"저와 함께 온 신군이 주셨어요."

"신군?"

"예, 저분들은 우리를 도와주려고 다른 세상에서 오신 분들입니다. 그러니 두려워 마시고 시키는 대로만 하시면 돼요."

"그, 그래?"

이런 두 사람의 주변으로 아이들이 먼저 다가왔다. 병석은 대진이 준비해 준 사탕을 꺼내 아이들에게 나눠 주었다.

"자! 이건 사탕인데 이렇게 껍질을 벗기고 먹는 거다. 아주 맛있으니 천천히 빨아먹도록 해."

아이들은 먹는 거란 말에 눈을 반짝였다. 아이들은 병석이 하는 대로 껍질을 벗기고는 사탕을 입에 넣었다.

"아! 달다!"

"우와, 입에서 살살 녹아!"

"맞아. 이렇게 단 맛은 처음이야!"

아이들은 저마다 맛있다고 소리쳤다. 처음에는 두려워 떨던 어른들도 그 모습을 보고는 하나같이 침을 꿀꺽 삼켰다.

대진이 혹시나 해서 가져온 사탕 봉지를 건넸다.

"이걸 하나씩 나눠 주도록 해."

"감사합니다."

병석이 소리쳤다.

"신군께서 사탕을 나눠 주셨어요! 잡숫고 싶은 분들은 어서 이리 오세요!"

어른들이 아이들을 바라봤다. 아이들은 처음 먹어 보는 사탕에 황홀해하며 좋아하고 있었다.

그 모습을 본 어른들은 쭈뼛거리며 다가왔다. 그러나 절반 이상의 사람들은 불안한 눈빛으로 바라보고만 있었다.

병석이 다시 소리쳤다.

"양이 많지 않아서 전부 다 드릴 수가 없어요! 그래서 나중에 오시는 분들은 잡숫고 싶어도 못 드십니다요!"

이 말에 주춤거리던 어른들이 모여들었다. 병석은 그런 사람들에게 사탕을 일일이 나눠 주었다.

그러다 수량이 부족할 듯하자 이빨로 반을 잘라서 분배했다. 사탕을 먹은 사람들의 반응은 아이들과 다르지 않았다.

사탕 덕분에 사람을 통제하는 일이 일사천리로 진행되었다. 대진은 사탕 하나에 반항할 생각조차 잊은 사람들을 보며 여러 생각이 들었다.

그러다 보니 안색이 절로 착잡해졌다. 그런 대진에게 해병여단 중대장이 다가왔다.

"과장님, 무슨 생각을 하시기에 안색이 좋지 않습니까?"

대진이 한숨을 내쉬었다.

"후! 저분들을 보니, 회귀 전 일본에 강제로 개항당했던 조선이 생각났어."

"저렇게 순박한 분들을 보니 그런 생각이 드셨나 보네요."

"그래, 일본은 조선보다 겨우 20여 년 앞서 개항했어. 그러면서 내전까지 벌어질 정도로 수많은 시행착오도 겪기도 했고. 그런 우여곡절을 겪은 일본은 조선을 공략할 당시만 해도 근대화를 시작할 단계여서 큰 힘이 없었을 때야."

해병 중대장도 동조했다.

"맞습니다. 개항하면서 서양 제국에게 조계지를 비롯해 많은 이권을 내주기도 했고요."

"그랬지. 그래서 어떻게 해서든 조선을 공략해서 자신들이 서양과의 불평등조약을 체결했던 실수를 만회하려 했었지. 그런데 하필이면 그 시기가 조선의 군사력이 유명무실해지고, 국가 기강도 급격히 무너질 때였어."

"그런데 의문이 있습니다. 병인양요와 신미양요에서는 막강한 두 나라의 군사력을 물리친 조선이었습니다. 그런 조선이 겨우 300톤도 안 되는 작은 배를 몰고 온 일본에 왜 굴복했을까요?"

대진이 아쉬운 표정으로 설명했다.

"병인양요와 신미양요의 피해가 커서 그래. 특히 신미양요 때 조총 수만 정과 500여 문의 대포를 노획당했었어. 그런데 그때의 피해를 복구하지 못한 상황에서 일본이 쳐들어온 것이야."

"그랬군요. 참으로 교묘한 시기에 일본이 달려들었던 거로군요."

"그렇지. 그리고 일본은 다른 나라와 달리 처음부터 작심하고 달려들었어. 그렇게 작심하고 달려든 일본과 달리 조선인들은 저처럼 순박하기만 했으니 당해 낼 재간이 없었을 거야."

"참으로 기구한 운명이네요."

대진이 씁쓸해했다.

"그렇다고 할 수 있지. 그런데 대원군이 물러서면서 나라가 개판이 되었어. 불과 1년 만에 서울시장인 한성판윤이 열 번이 바뀌었다고 해. 전부가 뇌물을 받고서 교체되었고. 어처구니가 없는 것은 국왕조차 뇌물을 받고 매관매직을 했다는 거야."

대진의 말에 중대장이 이를 갈았다.

"모조리 철퇴로 다스려야 합니다. 비리나 부정부패가 얼마나 무서운 범죄인지를 뼈저리게 경험시켜야 합니다. 그래야 과거처럼 '생계형 비리'라는 말을 서슴없이 입 밖으로 내는 장성이 나오지 않을 겁니다."

대진도 적극 동조했다.

"맞는 말이야. 비리와 부정부패만큼은 철저하게 근절시켜야 해."

"그런데 이번에 대의원을 선출할 때 과격 발언이 상당히 많이 나왔다고 합니다."

"과격 발언?"

"예, 많은 장병들이 부정부패를 저지를 자들을 모조리 찍어 내자는 말을 했다고 합니다. 부정부패가 몸에 배면 절대고쳐지지 않는다고 하면서요."

대진이 우려했다.

"쉽지 않아. 우리 잣대로 정리하면 살아남을 사람이 없을 거야. 지금의 조선에는 토산품을 권력자에게 진상하고, 일에 대한 대가를 주고받는 것을 당연하게 생각하는 풍조가 만연해 있어."

"그렇다고 해서 적당히 눈감아 줄 수는 없지 않겠습니까?"

"당연히 철저하게 색출해 내야지. 그러나 지금까지 인사치레로 주고받던 정도의 뇌물은 일정 기간 계도하는 게 좋아."

중대장이 우려했다.

"비리가 근절될까요? 우리 대한민국도 비리가 근절된 것이 그렇게 오래되지 않았습니다."

"그래도 해야지. 그리고 우리부터 깨끗하게 행동하면, 시간이 지나면서 비리는 저절로 근절될 수밖에 없어."

이때 중대장의 헤드셋으로 교신이 날아들었다. 급히 통화를 마친 중대장이 보고했다.

"일본인 부락의 제압을 마쳤다고 합니다."

대진이 지시했다.

"모두 이리로 이송해 오도록 해."

"예, 알겠습니다."

대진이 병석을 불렀다.

"병석 씨."

"예, 나리."

병석의 나리란 대답에 대진이 주춤했다. 그러나 말은 나중에 고치면 된다는 생각에 바로 지시를 내렸다.

"섬 건너편의 일본인들을 잡아 올 거야. 그러니 주민들을 우리 군의 지시에 따를 수 있게끔 안내해 드려."

"알겠습니다."

병석의 주선으로 사람들은 마을에서 가장 큰 투막으로 들어갔다. 울릉도의 귀틀집은 본토와는 다른 형태로 되어 있다.

울릉도는 바람도 많이 불고 눈도 많이 내린다. 특히 폭설은 수시로 내려 사람이 굴을 파고 다녀야 할 정도다.

그래서 귀틀집의 외부에 수수나 억새로 엮어 가벽을 만드는데, 이를 우데기라고 한다. 이렇듯 우데기를 두른 형태는 울릉도에서만 볼 수 있으며 이런 귀틀집을 투막이라고 부른다.

잠시 후.

V-22가 일본인들을 수송해 왔다.

울릉도의 지형은 험하다. 특히 해안 지대에는 절벽이 많아 조선인들은 섬 뒤에 일본인들이 들어와 살고 있는 것조차 모르고 있었다.

일본인들은 하나같이 두려움에 떨고 있었다. 해병여단 병력도 두려웠지만 난생처음 하늘을 날았다는 두려움에 오줌까지 지릴 정도였다.

대진은 일본인들을 보는 순간 안면을 구겼다. 불법으로 넘어와 살고 있는 자들이어서 분명 신분이 높은 사람은 아무도 없을 터였다.

그런데 입고 있는 옷은 조선인보다 훨씬 깨끗하고 정갈했다. 그렇다고 아주 깨끗하다고 볼 수는 없었지만 누더기의 조선인과는 달랐다.

중대장이 대번에 욕을 했다.

"빌어먹을, 숨어 들어온 도적놈들이 주인보다 훨씬 더 잘

사는 형국이잖아."

대진도 착잡한 기분이 들었다.

"……."

"과장님, 울릉도를 거점으로 확보하려면 많은 인력이 필요합니다. 그러려면 인력을 확보해야 하지 않겠습니까?"

대진이 중대장의 말뜻을 바로 알아들었다.

"저들을 활용하자는 말이구나."

"그렇습니다. 항구를 건설할 해안 지역에도 평지가 거의 없습니다. 그리고 우리가 개발할 나리분지도 거의 원시 상태고요. 이런 곳들을 개척, 개발하려면 얼마나 많은 인력이 필요하겠습니까?"

"그런 곳을 개발하려면 저 인원으로도 부족할 것 같은데?"

"그래서 드리는 말씀인데, 우리가 노략질을 하는 건 어떻겠습니까?"

대진이 황당해했다.

"지금 무슨 말을 하는 거야? 노략질을 하자니?"

"지난번에 데려왔던 일본인의 말에 따르면 저들은 울릉도와 가까운 오키(隱岐) 제도의 주민이라고 합니다. 저들이 울릉도에 들어와서 그동안 벌목해 간 목재와 어족 자원이 얼마나 많겠습니까? 그걸 배상받는 차원에서라도 인력을 거기서 충당하는 겁니다. 식량도 보충하고요."

식량이라는 말에 대진이 멈칫했다.

"그러네. 우리가 보유한 식량으로는 세 달을 넘기기가 어렵다고 했었지?"

"예, 그렇습니다. 그것도 비상식량을 전부 포함해서 그 정도입니다."

"다른 것은 몰라도 쌀과 육류는 당장이라도 필요하기는 하다."

"예, 그렇습니다."

대진은 문득 회귀 전 시대가 떠올랐다.

"맞아. 그 섬은 일본이 독도 영유권을 주장하면서 독도 관할지로 소속해 발표한 곳이었어."

"그러면 더 좋네요. 과거의 복수도 할 겸해서 기왕이면 통쾌하게 흔들어 놓으면 좋겠습니다."

잠시 생각하던 대진도 동조했다.

"좋아. 돌아가서 그 부분을 건의해 보자."

울릉도의 처리는 신속하게 진행되었다. 조선인들의 거주지는 전면이었으며 일본인들의 거주지는 북쪽이었다.

나리분지로 오르는 길은 북쪽 방향이었다. 그래서 당분간은 일본인들을 모조리 조선인들이 거주하고 있던 도동항 주변 개척에 투입했다.

울릉도는 해안선의 지형이 험악하다.

그런 울릉도에서 당장 항구로 쓸 수 있는 지역은 도동이 거의 유일하다. 다른 곳은 방파제를 쌓아서 새로운 항만을 만들어야 한다.

그래서 도동 주변은 본래부터 가장 먼저 개발이 진행되었다. 지형은 대부분이 비탈이지만 그래도 조금만 손보면 제7기동함대의 주둔지로 사용이 가능했다.

백령도와 제7기동함대의 함정이 도동 주변으로 집결했다. 그러고는 그동안 개조된 장갑차 2량이 먼저 하선했다.

개량장갑차는 굴삭기처럼 아머가 달려 있지는 않았다. 그러나 전면에 불도저처럼 철판을 달아서 땅고르기 작업이 순식간에 진행되었다.

작업이 진행되면서 조선인들의 투막집이 전부 쓸려 나갔다. 그러나 사전에 주택을 새로 건축해 준다는 약속 덕분인지, 아니면 신군에 대한 두려움 때문인지 누구도 이의를 제기하지 않았다.

거점 확보에는 해병여단은 물론 동원할 수 있는 모든 인력이 참여했다. 그 바람에 기반 조성 공사는 일사천리로 진행되었다.

작업에는 당연히 일본인 포로들도 동원되었다. 이들은 무너트린 투막집의 목재를 수거하는 일처럼 거친 일에 동원되었다.

기반 조성 작업이 진행되는 한쪽에서는 벌목작업이 한창이었다. 수백 년 비워져 있던 울릉도에는 아름드리나무들이 지천이었다.

그렇다고 훗날을 위해 무조건 벌채할 수는 없었다. 그래서

택한 방법이 개발해야 할 나리분지의 목재 채취였다.

100만여 평의 나리분지는 울릉도 거점의 요지여서 반드시 개발이 필요한 지역이다. 그런 나리분지에서 벌채한 목재를 헬기로 수송했다.

이러한 과정이 진행되는 동안 대의원들은 열정적으로 논의를 이어 나갔다. 논의 결과 가장 먼저 전체가 진행할 방향이 결정되었다.

거의 만장일치로 조선에 대한 적극 개입을 결정했다. 그 결정에 이어 개입 방법과 향후 진행 과정에 대한 토의가 벌어졌다.

20여 개의 분임조도 구성되었다.

나뉜 조별로는 일정한 주제를 놓고 실질적인 실행 방안이 토의되었다. 이러한 토의에는 구성원들이 보유하고 있던 정보가 큰 도움이 되었다.

제7기동함대의 인트라넷과 개인의 휴대전화와 컴퓨터 등에는 엄청난 양의 정보가 보관되어 있었다.

조선으로 넘어온 구성원들은 전부 휴대전화를 갖고 있었다. 그런 대부분의 휴대전화에는 수많은 내용이 보관되어 있었다.

이전에는 일상이었던 내용이 대부분이다. 그러나 그런 내용조차도 지금은 귀중한 정보가 되었다.

특히 한국석유공사와 S중공업 직원, 그리고 민간 선박의 휴대전화와 컴퓨터에 보관된 내용들은 금과옥조나 다름없는 내용이 많았다.

함대의 인트라넷에는 군에 관련된 자료가 주축이었다. 물론 함정에 관한 설계를 비롯한 함포 등의 장착 장비에 대한 자료도 엄청났다.

그런 자료들은 향후 군수 장비 개발에 결정적 도움이 될 수 있었다. 그러나 압권은 한국석유공사와 S중공업이 보유하고 있던 컴퓨터였다.

한국석유공사에는 전 세계 원유 매장지와 각종 지하자원의 분포도가 개발 상황과 함께 저장되어 있었다. S중공업에는 석유플랜트는 물론 선박 건조에 필요한 다양한 설계 도면이 엄청나게 내장되어 있었다.

군법무관은 각종 법전을, 군의관들은 의학 서적을 엄청나게 보유하고 있었다. 민간 선박은 항해와 관련된 자료와 민간 항해에 필요한 각종 자료들, 경찰은 자신들 전공에 맞는 자료들을 다량 보관해 놓고 있었다. 그중에서 가장 많은 비중을 차지한 것은 연구나 실무 자료, 취미 등의 관심 사항이었다.

이렇게 보관된 전문, 전공 자료들이 보물단지가 될 거라고는 누구도 예상 못 했다.

대의원들은 다양한 자료들을 바탕으로 심도 있는 계획을 수립해 나갔다. 이렇게 수립된 계획은 전체나 부분적으로 토론을 거치면서 다듬고 또 다듬어졌다.

대의원들이 한창 논의하고 있던 시기.

다른 한쪽에서는 새로운 작전이 전개되고 있었다.

대진이 출동 인사를 했다.

"필승! 여단장님, 다녀오겠습니다."

해병여단장 장병익이 걱정했다.

"이 과장이 직접 참여할 필요가 있을까? 이런 일은 우리 부대원들만 해도 충분한데 말이야."

"그렇기는 합니다. 그러나 이번 일은 역사의 한 획을 긋는 일이어서 꼭 참여하고 싶습니다."

"스코틀랜드 상인이 그렇게 대단한 사람이야?"

"그렇습니다. 개인으로 보면 일개 상인에 지나지 않습니다. 그러나 그는 일본 개화에 아주 큰 족적을 남긴 인물입니다."

"허! 그거 참."

"여단장님께서는 이토 히로부미가 포함된 조슈오걸(長州五傑)을 아시는지요?"

장병익이 고개를 갸웃했다.

"이토 히로부미는 알지만 나머지는 몰라."

"1854년 강제 개항된 일본에서는 막부가 아닌 지방의 사무라이들과 평민이 개혁을 주도합니다. 그들 중 에도막부와 원한이 많았던 조슈번의 사무라이들이 가장 열정적이었지요. 이런 조슈에서 이토 히로부미를 포함한 5명의 젊은이가 1863년 스코틀랜드 상인의 도움으로 유학을 갑니다. 이것이 일본 최초의 유학이었으며 이때 영국으로 유학 갔던 자들이 일본 개화에 큰 족적을 남기게 됩니다."

"유학을 주선해 준 것은 큰 문제이지는 않잖아?"

"그것만 했으면 문제가 되지 않겠지요. 그자는 다이묘들에게 각종 무기 구입을 중개하며 일본의 개화를 적극 도왔습니다. 그 후에도 명치유신을 일으킨 유신지사들과도 가까워 강화도조약을 체결할 때 사용한 범선을 비롯한 각종 함정과 수많은 공작기계들을 구입해 주었고요. 그뿐이 아니라 일본이 영국과 프랑스 군사고문을 초빙하는 데 결정적 역할도 했습니다."

장병익이 놀라워했다.

"들을수록 놀랍구나. 외국 상인이 일본 개화에 그렇게 깊숙이 개입되었을 줄 몰랐어."

"그래서 문제입니다. 그런데 문제는 그것뿐이 아닙니다."

"또 있어?"

"예, 영국 정부를 대신해 인도를 공략했던 회사가 영국의 동인도회사입니다. 이 회사가 1857년 문을 닫는데 그 이후로 오랫동안 청산 절차를 밟게 됩니다. 그렇게 동인도회사가 정리되면서 HSBC은행이 창설되었으며, 한쪽에서는 남은 자산으로 투자펀드를 조성하게 되고요."

"혹시 그 투자펀드를 스코틀랜드 상인이 일본에 중개한 거야?"

"그렇습니다. 일본의 유신정부는 스코틀랜드 상인의 조언을 받아들여 최초로 채권을 발행합니다. 그렇게 발행한 일본 국채를 영국 투자펀드에서 매입하였고요. 일본은 이렇게 마련한 재원을 바탕으로 근대화를 본격적으로 벌이게 됩니다."

"대단하구나. 이 과장의 설명을 들으니 스코틀랜드 상인이 일본을 개화시킨 거나 다름없잖아?"

"그렇습니다. 그래서 일본에서는 그에게 일본 개화의 아버지라는 존칭까지 붙여 주었습니다. 아울러 그의 저택을 기념 공원으로 만들었고요."

"허허! 그거 참. 스코틀랜드 상인의 이름이 뭐라고 했지?"

"토머스 블레이크 글로버(Thomas Blake Glover)입니다."

장병익이 크게 고개를 끄덕였다.

"알았어. 기왕 시작한 일, 깨끗이 마무리하고 와."

"예, 알겠습니다."

인사를 마친 대진이 V-22에 올랐다. 대진이 승선하자 V-22는 바로 이륙해서는 곧바로 남진했다.

1854년 일본은 미국과 수교하면서 수백 년간 걸어 잠갔던

빗장을 열었다. 나가사키는 그 이전부터 일본의 숨구멍이었으나 개항하면서 미나미야마테(南山手) 언덕 일대가 조계지가 되었다.

1863년 토머스 블레이크 글로버는 조계지인 미나미야마테 언덕에 저택을 지었다. 그리고 오늘 저택의 정원에서 항구를 내려다보며 차를 마시고 있었다.

언덕 위의 그의 저택에서는 나가사키 항구는 물론 그 일대가 한눈에 내려다보였다. 그런 그의 옆에는 일본인 아내가 다소곳이 앉아 있었다.

"오늘따라 커피 맛이 유난히 좋소."

"고맙습니다."

"하하! 고맙기는 내가 고맙지. 당신이 내 까다로운 입맛을 맞추기 위해 노력한다는 사실을 나는 잘 알고 있어요."

일본인 아내의 볼이 붉어졌다.

"감사합니다. 그나저나 동경에는 언제 다녀오실 건가요?"

"며칠 있으면 올라가 봐야 하오."

"이번에도 오래 계실 건가요?"

"유신정부가 전함을 추가로 구매한다고 하니 시간이 조금 걸릴 것 같소이다."

"정부에서 또 전함을 구매한다고요?"

토머스의 고개가 끄덕여졌다.

"조선을 개항시키기 위해서는 지금 있는 전함으로는 부족하오. 그래서 이번에 2척의 전함과 상당량의 군사 무기를 추가로 구매하겠다는 의향을 전해 왔소이다."

"조선을 무력으로 개항시키려는 거로군요."

"그렇게 되겠지요. 부산에 있는 초량왜관을 점령한 지 벌써 반년이 넘었소. 그럼에도 조선은 천황 폐하의 칭호를 핑계로 외교협상조차 하지 않으려 하는데 그런 현실을 타개할 방법이 없소. 그래서 유신정부는 무력시위를 벌여 강제로 개항시키기로 의견을 모았다고 하오."

"조선이 청국만을 섬기고 우리와는 대화조차 하지 않으려다가 끝내 그렇게 되는군요."

"어리석은 자들이지요. 결국 개항하게 될 텐데 끝까지 버티다가 더 큰 굴욕을 당하게 되었어요."

"어쨌든 우리로서는 좋은 일이네요."

토머스 글로버가 크게 웃었다.

"하하하! 맞소. 이번 일을 중개하면 상당한 수익을 거두게 될 거요. 그리고 그 자금을 이번에 새로 시작한 석탄 탄광에 투입하면 아마도 더욱 큰 수익을 벌어들일 수 있을 것이오."

이때였다.

갑자기 둔탁한 소리가 울려 퍼졌다. 토머스 글로버는 어리둥절해하며 고개를 사방으로 돌렸다.

"이게 어디서 들리는 소리지?"

함께 두리번거리던 일본인 부인이 무언가를 발견했는지

어딘가를 손가락으로 가리켰다.

"저기 저 오우라 천주당 첨탑의 십자가 위를 보세요. 무언가 날아오고 있어요."

토머스 글로버가 급히 고개를 돌렸다. 그러자 흰색의 성당 위로 이상한 물체가 날아오는 게 눈에 들어왔다.

"저게 대체 무어기에 이렇게 큰 소리를 내는 거지?"

"그러게 말이에요. 혹시 무슨 일이 일어난 건 아닐까요?"

그렇게 말하는 아내의 목소리는 가늘게 떨리고 있었다.

토머스 글로버도 순간 불안한 생각이 들었다. 그러나 처음 보는 물체에 기가 죽을 이유가 없다는 생각에 호기롭게 장담했다.

"일은 무슨 일. 아무 일도 없을 터이니 조금도 신경 쓰지 마시오."

"그래도……."

일본인 부인은 못내 불안했다. 그러나 지금까지 자신을 한 번도 실망시킨 적이 없는 남편의 말을 믿고는 그대로 앉아 있었다.

하지만 그것이 그들의 명운을 결정했다.

사실 그들이 들은 소리는 V-22의 로터가 내는 소리였다.

하늘을 가로지른 V-22는 두 사람이 앉아 있는 곳 바로 위까지 날아온 뒤에야 멈췄다. 그러자 로터가 내는 둔탁한 소리가 더 크게 들렸으며 그 소리에 놀란 나가사키의 외국인들이 하나둘 밖으로 고개를 내밀었다.

대진은 망원경으로 지상을 내려다보고 있었다. 그런 그의 시야에 토머스 글로버 부부가 자신들을 올려다보고 있는 모습이 들어왔다.

"폭탄 창 개방! 투하!"

기장의 목소리가 스피커를 통해 들려왔다. 곧이어 짧은 기계음과 함께 폭탄 1발과 드럼통 하나가 동시에 투하되었다.

대진은 떨어지는 폭탄이 떨어지는 장면을 끝까지 놓치지 않았다. 지상에서 공중을 올려다보던 토머스 글로버 부부는 폭탄을 보고도 움직이지 않았다.

꽝! 펑!

지상에 투하된 폭탄이 폭발하면서 함께 투하된 드럼통을 터트렸다. 그렇게 폭발한 드럼통의 유류는 저택 일대를 완전히 불바다로 만들었다.

대진은 고개를 들었다.

"목표 제거 성공!"

동승해 있던 대원들이 소리쳤다.

"와!"

기장의 목소리가 다시 돌렸다.

"작전 성공. 둥지로 귀환한다."

V-22의 로터가 천천히 앞으로 이동했다. 그렇게 로터를 전면으로 이동한 V-22는 이내 속도를 올리며 북쪽으로 회항

했다.

대진은 지상을 내려다봤다. 토머스 글로버의 저택은 시꺼먼 연기로 뒤덮여서는 맹렬히 불타올랐다.

'그래, 잘 탄다. 활활 타오르다 완전히 재가 되어라. 이로써 일본 개화에서 중요한 싹 하나를 찍어 냈다.'

대진이 주먹을 움켜쥐었다.

'이제 시작이다. 조선이 최강대국으로 발돋움하기 위해서는 일본을 반드시 꺾어 버려야 한다. 그 일을 내가 반드시 해내고야 말 것이다.'

대진은 몇 번이고 다짐했다. 이런 대진의 다짐에 호응하려는 듯 불길은 더욱 거세게 타올랐다.

3장

　미나미야마테 언덕이 불타오르던 비슷한 시간. 일본의 또 다른 곳에서도 작전이 벌어지고 있었다.

　해경 경비함 제민30호는 2,500톤급으로 해양경찰청함정 중 대형이다. 동해지방해양경찰청에 소속되어서 독도 주변을 경비하는 임무를 맡고 있었다.

　그런 제민30호는 울릉 유전을 경비하다가 미지의 힘에 이끌려 조선에 오게 되었다.

　해경은 영해를 경비하고 해난사고를 구난하는 임무를 맡고 있다. 그래서 보유 장비가 군함과 달리 벌컨포 몇 문이 고작이었지만, 해상사고 구난에 대비해 넓은 헬기 이착륙장과 선내 공간이 많다는 장점이 있다.

그래서 이번 작전에 투입되었다.

제민30호의 함장 주성영 경정이 아일랜드에서 망원경으로 전방을 살피고 있었다. 그의 망원경에는 오키 제도의 섬들이 가득 비치고 있었다.

그의 옆에는 해병여단 중대장이 망원경을 들고 있었다. 전방을 살피던 이원기 대위가 망원경을 내려놓으며 질문했다.

"함장님, 목적지까지 얼마나 걸리겠습니까?"

"지금 속도라면 1시간 정도 걸릴 겁니다."

대답을 하는 주성영의 목소리는 굳어 있었다. 그것을 알아차린 이원기는 웃으며 분위기를 풀어 주려 했다.

"하하! 함장님께서 긴장이 많이 되시나 봅니다."

"예, 솔직히 긴장도 되고 걱정도 됩니다."

"너무 긴장하지 마세요. 포로에게서 파악한 바로는 오키 제도에는 군대가 없습니다. 있어 봐야 경찰인 나졸(邏卒) 수십 명이 고작이라고 했습니다."

"그렇다는 말은 들었습니다."

"더구나 해경은 이번 전투에 투입되지도 않습니다. 그러니 포로 관리에만 신경을 써 주세요."

주성영도 긴장하지 않으려 했다. 그러나 막상 실전이 시작된다고 하니 절로 긴장되었다.

주성영이 한숨을 내쉬며 압박감을 털어 냈다.

"후! 미안합니다."

"아닙니다. 솔직히 저도 내심은 크게 부담이 됩니다. 압박감도 장난이 아니게 심하고요. 그러나 어쩌겠습니까? 이 시대로 온 이상 전투는 일상이 될 터인데 감내해야지요."

주성영도 동조했다.

"맞습니다. 조선이 강대국이 되기 위해서는 수많은 난관을 넘겨야 할 겁니다. 그럴 때마다 전쟁은 필연일 것이고요."

"옳은 지적입니다. 적어도 일본과 청국은 반드시 굴복시켜야 합니다."

이때 헬기의 로터 소리가 들려왔다. 두 사람이 소리가 들려오는 곳으로 고개를 돌리니 4척의 마린온이 편대를 이루며 경비함을 가로지르고 있었다.

이원기가 인사했다.

"우리도 상륙을 준비해야 하니 가 보겠습니다."

"조심하십시오. 저들의 무기가 아무리 허접하다고 해도 총탄에는 눈이 달려 있지 않습니다."

"하하! 걱정 마십시오. 혹시 몰라 우리 중대원 전부 방탄복을 착용하고 있습니다."

인사를 마친 이원기가 아일랜드를 나왔다. 그리고 대기하고 있던 중대원들에게 소리쳤다.

"출전이다! 전 중대, 상륙을 준비하라!"

지시가 떨어지자 해병대원들은 고무보트를 갖고 선체 난간으로 붙었다. 이러는 동안 헬기편대가 오키 제도의 가장 큰 섬 상공에 도착했다.

오키 제도는 4개의 섬으로 되어 있다. 가장 큰 섬은 도고(島後)로 본토의 남해 섬보다 조금 작다.

이런 도고는 일본 본토 방면의 항구 주변에 사람이 몰려 살았다. 반면 해병대가 공략할 독도 방면은 상대적으로 인구가 적었다.

인구가 적으니 치안을 담당하는 인력도 당연히 적을 수밖에 없다. 일본인 포로로부터 이런 사정을 파악한 상황이어서 공략에는 거침이 없었다.

"하강!"

굉음과 함께 헬기편대가 도착하자 지상은 난리가 났다.

마린온에 탑승해 있는 병력은 침투와 후방 교란에 특화된 특전 부대원들이었다. 이들은 혹시 모를 지상 공격에 대비해 전부 거꾸로 하강했다.

굉음을 울리는 괴물체도 두려운데 거기서 이상한 사람들이 거꾸로 내려왔다. 섬의 일본인들에게는 하나같이 생전 처음 보는 장면들이었다. 그런 모습을 목격한 지상의 일본인들은 너무도 놀라 도망갈 생각도 못 했다.

지상에 착지한 특전대원들은 허둥대는 일본인들을 한 곳으로 몰았다. 갑자기 인신을 구속하려 하자 반항하는 자들이 더러 나왔다.

퍽! 퍽! 퍽!

"으악!"

"아악!"

특전대원들은 반항하는 자들에게 조금의 자비도 베풀지 않았다. 무자비하게 제압되는 모습을 본 다른 일본인들은 두려움에 몸을 떨면서 이내 반항을 멈춰야 했다.

부앙~!

특전대원이 착지함과 동시에 해경 경비함의 해병 중대원들도 움직였다. 이들은 미리 준비한 고무보트를 띄워서 타고는 물살을 갈랐다.

상륙한 해병대원들은 신속히 이동해 특전대원과 합류했다. 해병대원들은 준비한 케이블타이로 일본인들을 제압하고는 고무보트로 몰아붙였다.

"빨리, 빨리!"

손을 묶인 일본인들은 해병대원들의 재촉에 속수무책 해안으로 끌려갔다. 이들은 말을 알아듣지는 못했으나 해병대원의 행동과 등을 밀어 대는 개머리판에 떠밀려 발걸음을 빨리했다.

이들이 도착한 해안에는 해경 경비함이 끌고 온 배가 대기하고 있었다. 이 배는 울릉도의 일본인들이 목재 수송을 위해 보유하고 있던 수송선이었다.

그래서 다른 배와 달리 규모가 꽤 되었고 특히 내부가 넓었다. 해병대원들은 이런 목재 수송선에 포로들을 200여 명

이상 욱여넣었다.

"출발!"

부릉! 부릉!

목재 수송선의 동력은 돛이다.

그런 목재 수송선의 선두를 고무보트가 예인하자 제법 속도가 났다. 목재 수송선이 해경 경비함을 다녀오는 동안 특전대원과 해병대원들은 주변을 샅샅이 수색하며 포로들을 잡아들였다.

이원기 대위는 선두에서 병력을 지휘하며 직접 포로들을 잡아들였다. 그러면서 일본인들의 집 안을 수색하다가 규모가 상당한 창고에 도착했다.

"부숴!"

콱! 우직!

자물쇠가 개머리판의 타격에 부쉈다. 그런데 그렇게 열고 들어간 창고에는 뜻밖의 물건이 쌓여 있었다.

이원기가 탄성을 터트렸다.

"이야, 이거 전부 양곡이잖아!"

소대장 한 명이 제안했다.

"중대장님, 어차피 양곡이 필요했는데 잘되었습니다. 이 정도 양이면 꽤 도움이 될 터인데 전부 싣고 가지요."

이원기가 즉석에서 승인했다.

"좋아! 제대로 노략질을 해 보자. 통신병은 마린온에 연락하고 다른 대원들은 포로를 동원해 양곡을 밖으로 옮겨라."

지시가 떨어지자 해병대원들은 일본인 포로들을 동원해 쌀을 밖에다 쌓았다. 그렇게 모인 쌀은 마린온의 그물망에 실려 해경 경비함으로 넘겨졌다.

창고의 양곡은 꽤 많아서 10여 차례나 헬기로 옮겨야 했다. 이어서 마을에서 키우던 50여 마리의 소도 살아 있는 채로 옮겨졌다.

일본인을 잡아들이고 양곡과 가축을 약탈하느라 꽤 많은 시간이 흘렀다. 그럼에도 누구도 병력을 보내거나 지원하지 않았다.

덕분에 단 한 명의 부상자도 없이 작전을 마치고 유유히 귀환할 수 있었다.

인력 확보 작전은 이후 사흘 동안 연달아 진행되었다.

오키 제도를 구성하고 있는 4개의 섬을 차례로 털었다. 첫날과 달리 다른 3개의 섬에서는 중심 지역에서 필요한 인력은 물론 수천 석의 쌀과 각종 가축까지 긁어 왔다.

그리고 이들이 마지막 작전을 마치고 귀환한 날 손인석이 지휘관 회의를 개최했다. 이 자리에서 손인석이 2개의 작전에 대한 치하를 했다.

"이번 작전의 성공으로 필요한 인력은 물론 생각지도 않은 식량도 확보했다. 더구나 나가사키에서는 일본 개화의 싹을 잘랐으니 첫 번째 작전치고는 대성공이었어. 모두들 고생 많았다."

"감사합니다."

"특히 해병여단의 이 과장이 자청해서 작전에 참여해 주어서 고맙네. 귀관의 용기 있는 행동이 향후 추진할 작전에 큰 도움이 되었어."

대진이 고개를 숙였다.

"과찬이십니다. 이번 일만큼은 제가 꼭 해 보고 싶었습니다. 그래서 여단장님께 건의를 드렸는데 다행히 제 청을 받아 주셨기 때문에 가능했습니다."

"그런데 말이야, 토머스 글로버라는 스코틀랜드 상인을 처리한 것이 큰 도움이 될까?"

"물론입니다. 상인 한 명을 제거했다고 해서 일본의 개화에 결정적 타격은 주지 못할 겁니다. 그러나 한동안 우여곡절과 진통을 겪어야 할 것입니다. 그런 조금의 틈새가 조선에 적극 개입하려는 우리의 행보에 큰 도움이 될 것입니다."

부사령관 이기운 제독이 거들었다.

"토머스 글로버가 일본 개화에 많은 역할을 해 온 것은 분명한 사실입니다. 그렇게 할 수 있었던 배경에는 개인의 역량도 있었겠지만 그가 영국 상인인 점도 있었을 것입니다. 일본은 강자를 숭상하는 전통을 가지고 있습니다. 그래서인지 쇄국 시절 교류해 왔던 네덜란드 상인을 개항 이후 철지하게 배제당하고 있습니다."

대진이 즉각 동조했다.

"정확히 보셨습니다. 조선의 공업화를 위해서는 서양에서 다양한 시설을 들여와야 합니다. 그러기 위해서는 서양 상인을 대리로 내세워야 할 것이고요. 그런데 영국은 개항 이후 일본에 대해 상당히 우호적인 자세를 유지해 오고 있습니다. 나중은 모르겠지만 지금 당장의 영국은 조선에 큰 도움이 되지 않습니다."

손인석이 말뜻을 바로 알아들었다.

"영국 대신 네덜란드 상인을 활용하자는 말이구나."

"독일 상인도 좋습니다. 네덜란드는 전통적인 상업 국가여서 유럽의 정세에서 비교적 자유롭습니다. 그런 네덜란드 상인을 적극 활용해 제철 기술과 공작기계 등을 대거 들여온다면 조선의 공업화에 결정적 도움이 될 것입니다."

설명을 들은 손인석이 의외의 제안을 했다.

"그 일을 이 과장이 직접 해 보는 건 어때?"

대진의 눈이 커졌다.

"예? 제가 말입니까?"

"그래, 이 과장은 영어는 물론 불어에도 능통하잖아. 그런 외국어 실력과 이 과장의 배짱이라면 누구보다 서양과의 교섭을 잘할 것 같은데, 아냐?"

"교역하려면 우리가 조선에 진출한 뒤 무역회사를 설립해서 진행해야 하지 않겠습니까?"

함대 참모장이 나섰다.

"대의원 회의에서는 우리의 조선 진출 기점을 흥선대원군의 행보에 맞추었다네. 그런데 거기에 맞추려면 대략 반년 정도의 시차가 있어."

대진이 크게 고개를 끄덕였다.

"무슨 말씀인지 알겠습니다. 그 기간 동안 우리가 먼저 서양과 접촉하자는 말씀이군요."

"그래, 지금 당장 대의원들이 나서기에는 여러 가지 문제가 많아. 그리고 민간인들은 마음의 준비가 되어 있지 않다면서 모두 고사했다네."

대진은 잠시 고심하다 승낙했다.

"예, 맡겨 주신다면 해 보겠습니다. 그러나 그러기 위해서는 자본을 먼저 축적해야 합니다."

"그 점은 걱정하지 마. 대의원 회의에서 우리가 입안한 계획을 만장일치로 승인해 주었어."

대진이 반색했다.

"아! 그렇다면 자본을 만드는 데 얼마 걸리지 않겠군요."

"그래. 그리고 또 하나, 조선을 발전시키기 위해 100개의 업종을 선정해서 1,000개의 기업을 육성하자는 안을 내놓았어. 그러기 위해서는 서양과의 교역을 필수야."

그 말에 대진이 탄성을 터트렸다.

"이야! 결과가 빨라서 좋습니다. 벌써 발진 계획을 수립했을 줄은 몰랐습니다."

"그러게 말이야."

대진이 기뻐했다.

"모두가 열정을 다하는 모습이 너무 좋네요. 일본 개화의 균열을 만든 것도 좋고, 모두가 합심해서 빠르게 일을 추진하는 상황도 좋고요."

장병익도 거들었다.

"그뿐이 아니지. 거점공사에 투입될 포로 700여 명을 확보했잖아. 거기다 3천여 석의 쌀과 100여 마리의 소와 가축 등의 부식은 덤이야."

함대 참모장이 농담을 했다.

"덤이 아니라 제대로 노략질을 한 덕분이지요."

"그게 그렇게 됩니까?"

함대 참모장이 말을 이었다.

"나는 앞으로 일본이 어떻게 대처해 나갈지가 참으로 궁금합니다. 자신들의 도움을 주던 스코틀랜드 상인이 죽었습니다. 그것도 하늘에서 떨어진 폭탄에 의해서요. 거기다 전혀 생각지도 않은 오키 제도가 털렸지 않습니까?"

장병익이 적극 동조했다.

"아마도 일본 정부가 발칵 뒤집어졌을 겁니다."

이 말에 모두 동시에 고개를 끄덕였다.

그리고 일본의 상황은 예상대로 흘러갔다.

일본은 1868년 명치유신을 실시하면서 개화의 기치를 내걸었다. 이어 대정봉환, 폐번치현, 판적봉환, 지조개정 등을 통해 중앙집권화를 완성하면서 근대화의 길로 접어들고 있었다.

그러나 정부직제만큼은 당나라의 율령을 계승한 관제를 그대로 사용하고 있었다. 그런 일본의 최고 국가기관은 태정관(太政官)으로 수장은 태정대신(太政大臣)이다.

태정대신 산조 사네토미(三條實美)는 태정관의 참의(參議)이자 육군대장인 사이고 다카모리(西鄕隆盛)의 보고에 크게 놀랐다.

"아니, 그게 무슨 말씀이오? 나가사키에 거주하고 있던 토머스 글로버가 하늘에서 떨어진 불벼락에 타 죽었다니요?"

사이고 다카모리가 인상을 썼다.

"저도 자세한 사정은 모르겠습니다. 단지 나가사키에서 보내온 전문에 다르면 하늘에서 떨어진 불벼락에 그와 그의 부인이 타 죽었다고 합니다. 아울러 그의 저택을 비롯한 그 주변 또한 잿더미로 변했고요."

산조가 고개를 저었다.

"믿을 수가 없소이다. 그가 무슨 잘못을 저질렀기에 하늘의 불벼락을 당해서 죽어요?"

"그러게 말입니다. 전령이 거짓을 말할 리가 없을 터인데.

저도 도무지 믿을 수가 없습니다."

사이고 다카모리는 본래 사쓰마 번의 하급 무사였다. 그런 그가 전국적인 명성을 얻게 된 것은 1867년 무력으로 에도막부의 쇼군을 사임시키면서다.

이 일로 전국적인 명성을 얻게 된 그는 명치유신의 주역이 되었다. 이후 천황의 참모총장으로 천황에 대항하는 쇼군의 후원자들을 모조리 쳐 내고 스스로 육군대장이 되어 군을 이끌고 있었다.

사이고 다카모리가 제안했다.

"당장 군대를 보내 자세한 상황을 조사하라고 하겠습니다."

그러자 내무경인 오쿠보 도시미치(大久保利通)가 즉각 반대했다. 오쿠보 도시미치는 이와쿠라 사절단의 일행으로, 2년여 동안 유럽 일대를 둘러보고 막 귀국한 상태였다.

"국내 문제에 군을 파견하는 건 좋지 않습니다. 이런 사건 정도는 나가사키를 담당하는 나졸에게 맡기는 것이 맞습니다."

사이고 다카모리가 버럭 화를 냈다.

"지금 무슨 말씀을 하는 겁니까? 오쿠보 공께서는 토머스 글로버가 지금까지 우리 일본의 발전에 얼마나 큰 도움을 주었는지 모르십니까? 그렇게 중요한 인물이 의문의 사고를 당했는데 당연히 군이 나서야지요."

오쿠보 도시미치의 목소리도 높아졌다.

"군은 군이 할 일이 있고, 나졸은 나졸이 할 일이 있는 것입니다. 아무리 그가 우리나라 발전에 도움을 주었다 한들 민간인에 불과합니다. 더구나 외국의 군대가 침공한 것도 아닌데 어찌 군에서 나선단 말입니까?"

두 사람은 한 치의 양보도 없었다.

사이고 다카모리는 공식 석상에서 서양 군복을 즐겨 입을 정도로 무력을 앞세웠다. 반면 오쿠보 도시미치는 서양을 둘러보고 온 후, 연미복을 즐겨 입었으며 내치를 중요시했다.

더구나 동향이고 기도 다카요시와 함께 유신삼걸로 불리면서 경쟁의식도 심했다.

이런 두 사람의 설전을 듣고 있던 산조 사네토미가 얼굴을 구기며 손을 휘저었다.

"두 분 모두 그만들 하세요. 이런 문제에서조차 의견이 합일되지 않으면 장차 어떻게 큰일을 도모할 수 있단 말입니까?"

기도 다카요시가 나섰다.

"태정대신 각하의 말씀대로 진정들 하세요. 다른 사람도 아니고 우리가 가장 존경하는 후배인 이토 히로부미 군이 있는 자리입니다. 방금 모습은 선배들로서 좋은 본이 아니었습니다."

"험! 험!"

"음!"

두 사람은 이토 히로부미가 거론되자 얼굴을 붉혔다. 그러고는 고개를 돌리면서 헛기침과 침음을 하며 무안함을 감추려 했다.

산조가 지시했다.

"이 문제는 군보다 나졸이 담당하는 게 좋겠습니다. 그러니 오쿠보 공이 직접 사람을 파견해 조사를 진행하세요."

"알겠습니다."

"사이고 공께서도 이 문제는 더 이상 거론하지 않는 것이 좋겠습니다."

사이고 다카모리가 고개를 숙였다.

"그렇게 하겠습니다."

사이고 다카모리는 유신에 성공하면서 항상 최고라는 자부심에 똘똘 뭉쳐 있었다. 그래서 그런 자신과 정치적으로 반대편에 서 있는 오쿠보 도시미치의 앞에서 고개를 숙이는 일이 거의 없었다.

그러나 산조 사네토미는 달랐다.

산조는 교토에서 대대로 천황을 모셔 오던 공가(公家) 중에서도 최고 명문 출신이다. 더구나 유신정부 수립에 큰 공을 세우며 태정대신이 된 그의 타협안을 쉽게 거부할 수는 없었다.

이 문제는 이렇게 일단락되었다.

그러나 며칠 후.

더 큰 문제로 일본 정부가 다시 뒤집혔다.

산조 사네토미가 보고받으며 경악했다.

"이게 대체 어떻게 된 일입니까? 해적이 출몰해 오키 제도를 쑥대밭으로 만들면서 천여 명을 납치해 갔다니요. 아니, 지금이 어떤 시절인데 해적이 사람을 납치해 갑니까? 그리고 어쩌고저쩌요? 하늘에서 사람이 내려왔어요?"

산조 사네토미는 침착한 성격이다.

더구나 태정대신은 최고의 지위지만 실권은 거의 없는 명예직이나 다름없다. 그런 산조가 내각회의에서 목소리를 높일 정도로 오키 제도의 일은 충격적이었다.

사이고 다카모리가 나섰다.

"우리 일본이 해적들의 공격을 받은 경우는 근래에 없었습니다. 이런 일이 벌어진 것은 강력한 군사력이 없기 때문입니다."

그의 측근이며 육군성의 관리인 이타가키 다이스케(板垣退助)가 적극 동조했다.

"옳은 말씀입니다. 해적들이 우리 바다에 설친 경우는 신라구(新羅寇)가 유일했습니다. 그 뒤로 천 년이 넘는 동안 외적이 우리 열도를 넘본 적은 단 한 번도 없었습니다. 오늘날 이러한 치욕을 당한 것은 강력한 군사력이 없기 때문입니다. 태정대신 각하! 이번을 기회로 징병제도를 철저하게 시행해 두 번 다시 이런 일이 반복되지 않도록 해야 합니다."

사이고 다카모리가 적극 동조했다.

"옳은 말입니다."

그때 이와쿠라 도모미(岩倉具視)가 나섰다.

이와쿠라 도모미는 태정대신과 마찬가지로 공가의 공경(公卿) 가문 출신이다. 그런 그는 외무대신과 우대신을 겸임하며 국정에 적극 참여하고 있었다.

"육군대장의 말이 일리가 있습니다. 허나 해적을 막기 위해서는 해군력을 증강시켜야 합니다. 지금 우리 일본은 조선의 개항을 위해 3척의 군함을 발주해 놓은 상태입니다. 그 군함은 내년에 우리에게 양도될 것이고요. 안타깝지만 그 이상의 해군력을 증강시키는 것은 지금의 우리 국력이 감당하기에 어려운 일입니다."

오쿠보 도시미치도 동조했다.

"옳은 지적입니다. 저도 군사력을 증강시키자는 말씀에는 찬성합니다. 그러나 그 전에 먼저 내정을 잘 다스려 국부를 확충해야 합니다."

오가는 대화를 듣고 있던 해군성의 가쓰 가이슈가 슬그머니 나섰다.

"안타깝지만 지금의 우리 해군은 해전을 감당할 군함도, 병력 수송에 필요한 수송선도 불충분합니다. 이런 우리에게 무엇보다 중요한 것은 함정의 확충입니다. 적어도 2척은 더 발주하게 해 주십시오."

그러나 오쿠보는 고개를 저었다.

"당장은 어렵습니다."

사이고 다카모리의 얼굴이 붉어졌다.

"내무경께서는 제가 하려는 일에 반대가 너무 많으십니다. 어떻게 된 일인지 유럽을 다녀오시고 난 이후로 그런 경향이 더 심해지셨고요."

오쿠보 도시미치가 고개를 숙였다.

"그렇게 보였다니 죄송합니다. 제가 이러는 것은 사이고 대장께서 군사력을 증강하면 조선을 공격할 것 같아서입니다."

사이고 다카모리가 당당하게 대답했다.

"당연히 그렇게 해야지요. 우리 일본의 발전을 위해서는 조선을 반드시 손에 넣어야 합니다. 우리의 내부 문제를 해결하기 위해서라도 조선 공략은 무조건 실시해야 합니다."

"불가합니다. 지금의 우리 일본으로선 무조건 내치부터 완성해야 합니다. 힘을 밖으로 구사하는 건 그다음입니다."

양측이 또다시 팽팽하게 격돌했다.

산조 사네토미가 한숨을 내쉬었다.

"후! 모두 고정들 하세요. 지금 시점에서 가장 중요한 것은 사태 수습입니다. 군사력을 증강하고 내치에 힘쓰는 것은 그다음입니다."

이와쿠라 도모미가 동조했다.

"맞는 말입니다. 두 사건이 알려지게 되면 민심이 크게 술렁일 겁니다. 특히 해적 사건이 큰일입니다. 우리 일본의 주요 도시들은 거의 해안가에 몰려 있습니다. 만일 해적 사건을 또다시 발생한다면 어떤 열도 신민이 우리 유신정부를 지지하겠습니까?"

이 말에 모두들 침통해했다.

산조 사네토미가 의견을 모았다.

"우대신의 말씀대로 지금 즉시 인력을 편성해 조사단을 파견합시다. 그리고 만일에 재발 방지를 위해 병력을 배치하는 방안도 살펴보고요."

그 말에 가쓰 가이슈가 난색을 보였다.

"송구하오나 해군에서는 지금 당장 오키로 보낼 만한 병력이 없습니다."

사이고 다카모리가 즉각 나섰다.

"걱정 마십시오. 해군 함정의 전투력이 부족해도 우리 육군이 있지 않습니까? 우리 육군에는 지난 보신전쟁(戊辰戰爭)을 전후해 서양에서 수입한 최신예 야포와 소총이 있습니다. 그 무장이라면 어떤 해적도 충분히 격퇴시킬 수 있을 것입니다."

해군대신 가쓰 가이슈의 얼굴이 붉어졌다. 그는 자신만만해하는 사이고 다카모리의 모습을 보고는 고개를 저었다.

"육군의 무장이 뛰어난 건 사실입니다. 그러나 무장이 아무리 좋다고 해도 수송선이 없으면 바다를 건너지 못합니다."

사이고 다카모리가 자신만만해했다.

"그 부분도 걱정하지 마세요. 우리 일본에는 큰 배는 없지만 오키 제도 정도를 왕복할 정도의 규모는 널려 있습니다. 필요하면 배는 징발해서 쓰면 됩니다."

사이고 다카모리는 해군의 사정은 아예 무시한 채 자신의 말만 했다. 가쓰 가이슈는 사이고 다카모리의 태도와 말을 들으며 굴욕감을 느꼈다.

개항 이래 지금까지 해군력 증강을 위해 노력해 왔었다. 그러나 지금까지 겨우 몇 척의 기범선만 갖추었을 뿐이었다.

이런 사정을 알고 있는 사이고 다카모리가 대놓고 해군을 조롱하고 있었다. 가쓰 가이슈는 화는 내지 못하고 잠시 눈을 감고서 분을 삭였다.

그가 눈을 뜨며 딱 잘랐다.

"좋습니다. 우리 해군은 빠지겠으니 육군이 알아서 일을 추진하세요."

사이고 다카모리가 크게 웃었다.

"하하하! 걱정하지 마세요. 이번 일은 우리가 알아서 잘 처리하겠습니다. 해적 침탈에 대한 조사도 다 하고 병력 배치도 확실하게 할 겁니다."

"그렇게 하세요."

이토 히로부미는 기가 막혔다.

무려 천여 년 만에 해적이 출몰했다고 한다. 그런 해적에게 천여 명이나 잡혀갔으며 수많은 재물까지 약탈을 당했다고 한다.

이뿐이 아니었다.

하늘에서 사람이 내려왔다는 이해할 수 없는 보고까지 올라왔다. 이런 일을 해결하려면 함께 힘을 합쳐도 어떻게 될지 모르는 상황인데 육군과 해군이 불협화음을 낸 것이다.

이토 히로부미는 한 숨이 나왔다.

'후! 큰일이구나. 가뜩이나 나라 안팎으로 산적해 있는 일이 산더미다. 그런 것을 알고 있는 사람들이 이런 일부터 자신들의 이익만 챙기려 하고 있어.'

이런 생각을 하던 이토 히로부미가 육군과 해군을 대표하는 두 사람을 바라봤다. 두 사람의 태도는 너무도 달랐으며 서로를 바라보려고 하지도 않았다.

이토 히로부미는 불안감이 엄습했다.

'육군과 해군은 처음부터 다른 나라의 도움을 받고 있다. 그래서인지 내부 분위기마저 전혀 다른데 지도자들끼리 저렇게 반목하다니. 아아! 앞으로도 지금처럼 부딪치는 상황이 계속 발생할 것 같은 불행한 예감이 드는구나.'

일본 육군은 프랑스에, 해군은 영국의 도움을 받고 있었다.

그런 영향을 받아서인지 본래부터 사이가 좋지 않으나 지금까지는 대놓고 반목하지는 않았다.

그런데 이번 일을 계기로 본격적인 파열음이 발생하고 있었다.

4장

4월 중순.

대의원 회의가 끝났다.

손인석이 주요 지휘관 회의를 소집했다. 회의에는 중대장 이상의 군 지휘관과 경찰 간부, 그리고 민간인 대표 몇 명이 참석했다.

손인석이 모두발언을 했다.

"오늘 여러분을 모신 이유는 공지한 바와 같이 대의원 회의에서 채택한 계획 때문입니다. 계획의 설명은 대의원 회의 총무였던 해병원정여단 작전과장 이대진 소령이 하겠습니다."

대진이 거수경례를 했다.

"필승! 보고를 맡은 소령 이대진입니다. 짧은 기간임에도 완성도 높은 계획을 수립해 주신 대의원분들의 노고에 감사를 드립니다."

대진이 들고 있는 버튼을 눌렀다. 그러자 회의실 전면부의 스크린에 불이 들어왔다.

"보고에 앞서 지금 조선의 현실을 먼저 말씀드리겠습니다."

화면에 대원군과 고종의 모습이 비쳤다.

"지금의 조선은 고종 재위 10년으로 흥선대원군 섭정 역시 10년 차입니다. 전후사정은 생략하고 대원군 섭정 10년을 간략히 정리하겠습니다."

스크린에 도표가 표시되었다. 대진이 스크린에 표시된 도표를 보며 설명했다.

"흥선대원군은 지난 10년간 조선의 재정을 크게 확충시켰습니다. 그 결과, 조정이 보유한 재물은 황금 51%, 쌀 299%, 면포 255%, 목재 258%, 은 27%, 철 673%가 늘었습니다. 부정부패는 일소되지 않았으나 안동 김씨 세도정치 시기에 비하면 크게 좋아졌습니다. 그러나 아쉽게 경복궁의 무리한 중건으로 내정이 극심한 혼란에 빠졌습니다. 이러한 상황을 교묘히 악용한 민씨 일가가 정권을 잡기 위해 대비의 척족을 비롯한 주변을 부추겨 흥선대원군의 실각을 획책하고 있는 상황입니다."

스크린의 화면이 다시 바뀌었다.

"이 계획은 그러한 조선의 상황에 맞춰 입안한 것입니다."

이어서 향후 진행 방향에 대해 설명했다. 대진의 설명을 들은 참석자들은 연신 고개를 끄덕였다.

"다음으로 조선 개혁에 관한 사항입니다. 대의원 회의에 서는…… 추진하려고 합니다. 그리고 100개의 업종을 선정해 1,000개의 기업을 육성하며 전국의 각 지역에 대학을 설립해 인재 육성에 적극 나설 것입니다. 아울러……."

대진의 보고는 한동안 이어졌다. 회의 참석자들은 눈도 깜빡이지 않고 경청했으며 의문 사항이 있을 때는 주저 없이 손을 들어 의견을 개진했다.

"……대의원 회의에서는 손인석 제독님을 만장일치로 우리의 지도자로 추대했습니다. 여러분, 제독님께 축하의 박수를 부탁드립니다."

"와!"

"축하드립니다."

손인석이 쑥스러운 표정을 지었다. 그러나 담담히 받아들이며 몇 번이고 고개를 숙여 답례했다.

대진이 제독에게 권했다.

"제독님, 답례 인사를 해 주시지요."

손인석이 자리에서 일어났다.

"먼저 저를 대표자로 선정해 주신 것에 대해 감사드립니다. 솔직히 처음 그런 말이 들었을 때는 거절하려고도 생각했습니다. 그러나 지금과 같은 국면에서 누군가는 고생해야겠다는 생각을 하게 되었습니다. 그래서 함대참모를 비롯한 몇 명의 지휘관들과 머리를 맞댄 결과, 받아들이기로 마음먹었습니다."

짝! 짝! 짝!

열화와 같은 박수가 터졌다.

참석자는 손인석이 대표자가 될 거라는 사실을 믿어 의심치 않았다. 그만큼 그의 인품도 훌륭했지만 최고지휘관으로서 그를 대체할 사람도 딱히 없었기 때문이다.

"앞으로 매사 공평무사하게 일을 처리할 것입니다. 아울러 절대 사리사욕을 챙기지 않을 것을 약속드립니다. 그리고 여러분의 바람대로 조선을 최강대국으로 만드는 과업을 반드시 성공시켜 보겠습니다."

손인석은 자신의 다짐을 피력했다. 참석자들은 조금 전보다 더 격하게 박수를 보내며 적극 호응했다.

"끝으로 우리를 대표하는 명칭이 정해지지 않았습니다. 그래서 저는 이 자리에서 그것부터 정했으면 합니다."

손인석의 제안에 여러 사람이 호응했다. 그러면서 몇 가지 이름이 나왔는데, 그중 하나가 홍종현 한국석유공사 상무가 제안한 '마군'이었다.

"마군(麻軍)이요?"

홍종현이 설명했다.

"그렇습니다. 마군은 신라 박제상이 지은 부도지(符都誌)에 나오는 상상의 여신인 마고에서 차용했습니다. 마고는 마고할미라는 이름으로도 알려져 있으며, 마고가 사는 지역이 마고성이지요. 부도지에 따르면 마고의 후손들이 퍼져 우리의 조상이 되었다고 합니다."

손인석이 동조했다.

"마고에서 따온 마군이라니 일리는 있습니다."

"예, 울릉 주민이 우리를 신군이라고 부릅니다. 신군도 천군(天軍)도 넓게 보면 마군과 같다고 볼 수 있습니다. 그리고 적에게 악마의 군대인 마군(魔軍)으로 오인된다면 그 또한 좋은 일이기도 하고요."

대진이 나섰다.

"저도 마군이 좋다고 생각합니다. 우리와 함께 가야 할 조선의 백성들에게는 마고의 군대로, 앞으로 우리가 반드시 넘어야 할 일본과 청국, 그리고 조선을 침략했던 서양 세력에게는 악마의 군대로 불리는 것이 좋지 않겠습니까?"

제7함대 부사령관이 격하게 반겼다.

"그거 참 좋은 비유네. 같은 마군으로 불리겠지만 아군에게는 마고의 군대이고, 적군에게는 악마의 군대가 될 수 있다는 말이잖아."

"그렇습니다. 지금은 귀신을 믿고 바다에 세이렌(Seiren)이 있다고 믿는 시대입니다. 그런 시대의 서양인들에게 우리가 마군(魔軍)으로 불리어도 나쁘지 않다고 생각합니다. 그리고 평시에는 마고군대라고 부르면 될 것이고요."

누군가 질문했다.

"그러면 울릉도가 마고성이 되는 겁니까?"

대진이 동의했다.

"그것도 좋은 생각입니다. 본거지가 울릉도라는 것보다 마고성이라면 의미도 부합되니까요."

많은 사람들이 고개를 끄덕였다.

처음 제안했던 홍종현이 나섰다.

"기발한 발상의 전환입니다. 저는 우리 정체를 어떻게 알렸으면 좋을까 하는 고심을 해 왔습니다. 조선인에게 우리는 서양인과 같은 외부의 적으로 인식될 수 있으니까요."

모두가 크게 고개를 끄덕였다.

"그래서 저는 위기의 조선을 구하기 위해 다른 세상에서 왔다는 설정을 했습니다. 실제로도 다른 세상에서 왔고요. 그런 설정을 하다 보니 건국신화의 여신인 마고가 떠올랐던 겁니다. 그런데 이 과장께서 한 꺼풀의 스토리를 더 붙이셨네요. 그것도 아주 적절하게요. 그런 스토리가 가미된 마군이라면 저도 적극 찬성합니다."

손인석도 흡족한 표정을 지었다.

그런 그가 대진을 불렀다.

"이 과장, 표결에 붙이지?"

"알겠습니다."

표결 결과 마군이 압도적이었다.

지휘관 회의의 결정이 발표되었다. 나쁜 이미지가 부각될
수 있다는 우려도 꽤 나왔다. 그러나 대부분은 지금 시기에
는 강한 이미지가 좋다는 의견이어서 반대는 이내 수그러들
었다.

미지의 힘으로 조선으로 넘어온 잠수함은 모두 3척이다.
전부가 3,300톤급으로 이 중 신채호가 청국의 광주 인근 해
역에 며칠째 대기하고 있었다.

아직은 제대로 된 잠수함이 없는 시대였다. 그래서 잠수함
이 경계당할 일이 없었기에 신채호는 수면에 떠 있었다.

잠함은 해변에서 수십 킬로미터 떨어져 있었다. 그럼에도
대륙은 짙푸름을 드러내며 끝없이 펼쳐져 있었다.

함장 이용석은 잠함의 세일(Sail)에서 해안 방면을 망원경으
로 살폈다. 한동안 그렇게 광주 입구인 주강구(珠江口)를 살피
던 이용석은 해치를 닫고 내려왔다.

부장 최종수 소령이 물어 왔다.

"함장님, 좋은 소식이 있습니까?"

이용석이 고개를 저었다.

"없어. 작은 배들은 해안을 따라 돌아다니는데 우리가 노리는 큰 배는 나오지를 않아."

"홍콩 방면은요?"

홍콩은 광주로 들어가는 주강구의 끝에 있었다. 그래서 주강구를 살피면 절로 홍콩도 살피게 되어 있었다.

이용석이 다시 고개를 가로저었다.

"거기도 이상하게 큰 배가 안 보이네."

최종수가 어두운 얼굴로 고개를 저었다.

"상황이 좋지 않네요. 벌써 사흘째입니다. 함장님, 광주에 정박해 있는 무역선이 언제 나올지도 모르는데 무작정 기다릴 필요가 있겠습니까?"

"최 부장은 다른 개항장을 노리는 게 좋겠어?"

"꼭 그런 건 아니지만 시간이 너무 걸리는 것 같아서요."

"기다려 봐. 분명 하루 이틀 안에는 나올 거야."

"알겠습니다. 그런데 다른 항구가 개항되면서 광주의 교역량이 크게 줄었는데, 혹시 쭉정이가 걸리는 건 아니겠지요?"

"그럴 수도 있겠지. 그래도 아직까지는 광주의 교역량이 최고야. 더구나 인삼은 거의 독점 수준이고."

"아편 거래도 상당하겠지요?"

"당연히 그렇겠지. 광저우가 아편전쟁의 시발점이잖아."

"뭐가 걸리더라도 제대로 된 거 하나는 걸렸으면 좋겠습니다. 기왕 해적질하는 거, 대차게 한탕 해야 하지 않겠습니까?"

그 말에 이용석이 크게 웃었다.

"하하하! 맞아. 나도 기왕이면 제대로 걸렸으면 좋겠어."

그러나 이날은 별 성과 없이 보냈다.

다음 날.

이른 아침부터 주변에 대기하고 있던 지리산에서 연락이 왔다.

지리산은 대한민국 해군의 KDDX 계획에 따라 건조된 스텔스 구축함으로, 기념비적인 함정이다.

선체부터 전투 체계, 레이더와 각종 무장까지 모든 체계에 대한민국의 기술이 적용되었기 때문이다. 경하 배수량 6,500톤이며 만재 배수량 8,000톤인 이 함정은 대한민국 최고의 한국형 스텔스 구축함이었다.

-청국 광주에서 1,000톤급으로 추정되는 선박 2척이 출항했다.

이용석이 바로 무전을 받았다.

-여기는 신채호. 우리가 직접 확인하겠다.

-알았다. 조심하라.

교신을 마친 이용석이 지시했다.

"주강구의 입구까지 들어간다. 기관 정속하라!"

"기관 정속주행 시작!"

신채호는 주행하면서 선체를 잠수했다. 그러고는 잠망경만을 올린 채로 주행을 시작했다.

주강구의 입구인 홍콩 일대는 수십 개의 유·무인도가 흩뿌려 있었다. 그렇다 보니 그런 지형을 빠져나오기 위한 항로가 고정되어 있었다.

신채호가 그런 항로의 입구에 도착했다.

이용석의 지시가 떨어졌다.

"기관 정지, 현 상태 대기한다."

전진하던 잠함은 기관의 반대 구동으로 천천히 정지했다. 얼마의 시간이 흘렀을 때, 레이더를 살피던 전탐장이 보고했다.

"함장님, 전방 9시 방향 25km 지점에서 2척의 선박이 포착되었습니다."

그 말을 들은 이용석은 잠망경의 위치를 조정했다. 얼마의 시간이 지나니 그 말대로 렌즈에 기범선의 닻이 보였다.

"목표물 확인! 아직 국적 확인은 되지 않는다. 대기."

또 얼마의 시간이 지났다. 잠망경의 렌즈에 가장 높은 돛에 걸린 깃발이 선명하게 확인되었다.

이용석이 소리쳤다.

"다가오는 선박의 국적은 미국이다!"

부장이 무전기를 들었다.

ー목표물 확인. 국적은 미국이다.

ー알았다.

이용석이 확인했다.

"주변 해역에 다른 선박이 있나?"

전탐장이 소리쳤다.

"레이더에 잡히는 선박은 없습니다!"

"좋아. 지금부터 우리는 2척의 항로를 따라 이동한다. 해상에도 이 사안을 통보하라."

"예, 알겠습니다."

잠함 신채호가 잠망경을 내리고는 천천히 잠수했다. 그런 잠함의 전면으로 2척의 미국 상선이 점차 다가왔다.

미국 상선인 차이나 프린스호의 갑판에서는 술판이 벌어지고 있었다. 선주인 리처드 잭슨이 성공적인 교역을 자축하기 위해 연 자리였다.

리처드 잭슨이 호기롭게 술병을 들었다.

"프린스턴 선장, 잔을 받게."

"감사합니다, 선주님."

이어서 항해사들에게도 술을 따랐다.

그러고는 자신의 잔을 들었다.

"자! 이번 거래의 성공을 자축하는 의미로 우리 건배하세."

"건배!"

사람들이 동시에 잔을 비웠다.

"이번에 프린스턴 선장의 말을 들은 게 결정적이었어. 만일 우리가 인도로 넘어가 아편을 싣지 않았다면 이런 성공은 없었을 거야."

프린스턴이 고개를 저었다.

"아닙니다. 저는 단지 우리가 가져온 인삼을 인도에 넘기면 어떠냐는 제안을 했을 뿐입니다. 모든 결정은 선주님께서 하신 겁니다."

일등항해사도 거들었다.

"맞습니다. 인도에서 우리 인삼이 그렇게 잘 팔릴 거라고 누가 예상이나 했겠습니까?"

"그렇지. 만일 인도에서 인삼이 팔리지 않았다면 어떻게 되었겠어. 아편 구입은커녕 추가 비용까지 부담할 뻔했잖아."

리처드 잭슨도 동조했다.

"그 말은 맞아. 선장의 말을 듣고 모험해 보자고 결정한 것이 신의 한 수였어. 덕분에 통상적인 수익보다 10배나 더 벌어들였으니 뉴욕의 친구들이 이 사실을 알면 뒤로 넘어갈 거야."

프린스턴 선장이 크게 웃었다.

"하하하! 이번 항해에 투자한 투자자들이 놀랄 모습을 생각하니 절로 웃음이 나옵니다."

"하하하!"

연회는 해가 저물도록 이어졌다. 갑판에서 벌어진 술판으로 인해 필수 인원을 제외한 선원들은 일찌감치 술에 취해

곳곳에 널브러져 있었다.

그렇게 밤이 깊어질 무렵.

타! 타! 타! 타!

조용하던 바다에서 이상한 소리가 들렸다. 그 소리는 너무도 섬뜩해서 사람들을 오싹하게 만들었다.

리처드 잭슨이 주변을 둘러봤다. 그러나 사방은 어둠 속에 잠긴 채로 이상한 소리만이 울려 퍼지고 있었다.

"이게 무슨 소리야? 바다에서 왜 이런 소리가 들리는 거지?"

프린스턴 선장도 놀라 사방을 둘러봤다. 그러나 주변 바다에는 불빛 하나 없는 암흑뿐이었다.

"보이는 것은 없는데 소리만 들리다니. 귀신의 장난도 아니고 이게 대체 무슨 조화지?"

조용하던 일등항해사의 안색이 갑자기 탈색되었다. 그가 떨리는 목소리로 조심스럽게 입을 열었다.

"선장님, 지금까지 많은 항해를 했지만 바다에서 이런 소리가 난 적은 한 번도 없었습니다. 이거 혹시 세이렌이 아닐까요?"

세이렌이란 말에 모두가 해쓱해졌다. 그러나 프린스턴 선장이 이내 호통쳤다.

"정신 차려! 말도 안 되는 소리야. 세이렌은 지중해에 사는 님프야."

"꼭 그렇다고 볼 수는 없습니다. 모든 바다는 연결되어 있는데 세이렌이 지중해에만 있으란 법이 어디 있습니까? 선장님께서도 마젤란해협에서 세이렌이 가끔 목격된다는 말을 들으셨지 않습니까?"

프린스턴의 안색이 더 굳어졌다.

"그 말을 들은 건 맞아. 마젤란해협은 거친 바다이니 세이렌이 목격될 수도 있어. 그러나 이 지역 바다는 끝까지 암초도 거의 없는 망망대해야. 더구나 오늘은 날까지 맑잖아."

모두가 하늘을 올려다봤다.

프린스턴의 말대로 하늘에서는 은하수가 쏟아져 내리고 있었다. 그런데 그런 은하수 중에 몇 개가 깜빡였다.

그것을 먼저 발견한 것은 리처드 잭슨이었다.

"아니, 저기 하늘에 깜빡이는 게 뭐지?"

프린스턴도 어리둥절했다.

"저도 처음 보는 별입니다. 그런데 별이 어떻게 깜빡이지?"

갑판은 이상한 현상에 술렁였다. 이러는 동안에도 소리는 더욱 커졌으며 종내는 사람의 귀를 먹먹하게 했다.

타! 타! 타! 타!

리처드 잭슨이 인상을 쓰며 소리쳤다.

"이게 대체 무슨 소리야? 세이렌은 아름다운 노래로 사람을 유혹한다고 했는데 이건 고막이 찢겨 나가는 것 같잖아!"

"그러게 말입니다."

일등항해사는 여전히 두려워했다.

"세이렌은 노래가 아름답다는 것이 상상일 수도 있습니다. 본래는 이처럼 엄청난 굉음으로 사람의 혼을 빼놓는 게 와전되었을 겁니다."

프린스턴이 버럭 소리를 질렀다.

"정신 차려! 선원을 지휘해야 할 일등항해사가 겁먹으면 어쩌자는 거야!"

이 와중에도 소리는 점점 더 커졌다. 그 바람에 술에 취해 갑판에 잠들어 있던 선원들도 하나둘 잠에서 깨어났다.

이때였다.

갑자기 엄청난 불빛이 쏟아져 내렸다.

갑판의 사람들은 강렬한 불빛에 제대로 눈을 뜰 수가 없었다. 그렇게 갑판의 사람들이 우왕좌왕할 무렵 하늘에서 무언가가 떨어져 폭발했다.

펑! 펑!

"콜록! 콜록!"

"으악! 뭐가 이렇게 매워!"

"아악! 앞이 보이지 않아!"

떨어진 것은 최루탄이었다.

대한민국 최루탄은 성능이 뛰어나 수출된다. 그러나 1987년 6월 항쟁 당시 최루탄에 맞아 요절한 이한열 열사 사건 이후 사용되지 않고 있다.

최루탄은 본래 시위 진압용이었다. 그러나 군에서는 몇 가지 약품을 더해 공격용으로 사용한다.

이 시대 사람들에게 최루탄은 그야말로 처음 경험하는 공포였다. 특히 매운 것을 잘 먹지 않는 서양인들에게는 쥐약이나 다름없었다.

미국 상선의 갑판에 2발의 최루탄이 투하되었을 뿐이다. 그럼에도 초토화되었으며 그 틈을 타 갑판으로 해병대원들의 현수하강이 시작되었다.

동시에 선체에도 몇 개의 고리가 걸렸다. 그러고는 무서운 속도로 특전대원들이 올라왔다.

퍽! 퍽! 퍽! 퍽!

본래는 선원들을 전부 사살하려 했다.

그러나 최루탄 공격에 정신을 못 차리는 것을 확인하고는 차례로 제압해 나갔다. 해병대원과 특전대원은 케이블타이로 선원들의 손과 발을 신속히 묶었다.

탕! 탕!

저항이 아주 없지는 않았다. 갑판을 내려갈수록 심해졌던 것이다. 그러나 선주와 선장이 술판을 벌인 상황이어서 맨정신인 선원은 하나도 없었다.

해병여단이나 특전대원이 그런 자들을 상대하는 일은 여반장이었다. 그래도 격렬하게 저항하는 자들과 맞닥뜨리는 경우에는 예외 없이 전원 사살했다.

이런 상황은 함께 항해하고 있던 다른 선박도 마찬가지였다. 선주인 리처드 잭슨은 막대한 수익을 거둔 기념으로 동행 선박에도 술을 마시도록 허용했던 것이다.

덕분에 2척의 선박을 제압하는 데에는 시간이 별로 걸리지 않았다. 오히려 진압하고 난 후 철저하게 수색하는 시간이 더 걸렸다.

2척의 선박을 제압하는 동안 지리산이 성큼 다가와 있었다. 더불어 잠함 신채호도 2척의 중간에 부상해 있었다.

야간에 벌어진 작전이었다.

그래서 작전은 성공했으나 확인은 다음 날이 되어서야 가능했다. 해병대원들과 특전대원들은 포로를 동원해 사살된 선원을 수장하고 배를 청소시켰다.

다음 날.

여명과 함께 이용석이 배에 올랐다.

이어서 보트를 타고 온 지리산 선장 유혁원이 승선했다. 두 사람이 인사를 나누고는 밤새 고생한 특전대원과 해병대원을 격려했다.

이용석이 포로들을 보고서 놀랐다. 예상외로 동양인이 대부분이었으며 그중 일부는 변발을 한 중국인들로 거의 헐벗고 있었다.

"아니, 선원들이 미국인이 아니었구나?"

특전팀장이 보고했다.

"그렇습니다. 포로를 심문해 보니 전체 선원 60명 중에 미국인은 10명뿐이었습니다. 나머지는 보시는 대로 동남아인과 중국인이고요."

이용석이 대번에 상황을 파악했다.

"간부들만 미국인이었다는 말이구나."

"그렇습니다. 아마도 인건비 때문에 저들을 고용한 듯합니다."

"놀랍구나. 이 시대에도 인건비가 싼 동남아와 중국인을 고용하고 있다니 말이야."

"그런데 중국인은 전부 쿨리들로 거의 노예 취급을 하고 있었습니다."

이용석이 중국인들을 바라봤다. 얇은 바지 하나만 입은 그들의 모습은 영락없는 노예였다.

"쯧쯧! 쿨리들이 노예 취급받았다는 말은 들었지만 직접 보니 더 비참하구나."

몇 번이나 혀를 차던 이용석이 제압된 미국인들에게로 고개를 돌렸다. 그러다 눈길이 마주친 리처드 잭슨이 소리쳤다.

"그대들은 대체 누군데 이런 짓을 벌이는 거요? 어서 우리를 풀어 주시오! 우리는 미합중국의 상선으로 전투함정이 아니오!"

이용석이 피식 웃었다. 그러고는 영어로 또박또박 리처드 잭슨의 말을 반박했다.

"웃기는 소리를 하고 있네. 너희들도 똑같은 짓을 하잖아. 평상시에는 상선이지만 유사시에는 해적이 되는 게 너희들이잖아."

이용석의 말대로 이시대의 상선은 전부 무장을 갖추고 있었다. 그래서 여차하면 해적으로 돌변해 다른 상선을 공격하는 게 보통이었다.

리처드 잭슨이 황급히 변명했다.

"아니요. 우리는 그런 짓을 벌인 적이 결단코 단 한 번도 없었소. 그러니 선량한 우리들을 풀어 주시오. 그리만 해 준다면 지금까지의 일은 맹세코 하늘에 불문에 붙이겠소."

지리산 함장 유혁원이 나섰다.

"공연한 말로 심리를 어지럽힐 수 있다. 그러니 전부 재갈을 물려서 가두도록 해."

퍽! 퍽!

"으악!"

특전대원이 그대로 리처드 잭슨을 제압했다. 이어서 다른 포로들의 입에도 재갈을 물리고는 한곳으로 몰았다.

이용석이 특전팀장에게 질문했다.

"선적된 물건은 확인했나?"

"예, 그렇습니다."

"어떻게 성과가 있어?"

특전팀장이 싱긋이 웃었다.

"직접 확인해 보시지요. 의외로 성과가 좋은 것 같습니다."

특전팀장의 미소에 기대에 찬 이용석의 목소리가 높아졌다.

"좋아! 가서 확인해 보자. 유 함장도 같이 내려가 보자."

같은 중령이지만 이용석의 기수가 높았다. 이용석의 권유에 유혁원이 바로 대답했다.

"알겠습니다."

두 사람과 몇 명의 간부들이 특전대원을 따라 선실로 내려갔다. 이용석이 선실을 둘러보며 놀라워했다.

"의외네. 내부가 상당히 넓구나."

유혁원이 짐작했다.

"상선이어서 그런 것 같습니다. 더구나 목조 범선이어서 선적 물량도 철선보다 많을 것이고요."

"음!"

특전팀장이 2층으로 안내했다.

"여기가 재물을 보관한 금고입니다."

이용석이 다가가 직접 문을 열었다. 실내를 둘러보던 그가 놀라워했다.

"금고도 의외로 크구나. 교역에서 얼마나 많은 수익을 올리기에 이렇게 크고 넓은 거야?"

특전팀장이 예상했다.

"인삼은 다른 물건에 비해 고가입니다. 그런 인삼을 주로 교역하는 상선이어서 그런 것 같습니다."

유혁원이 권했다.

"선배님, 쌓아 둔 상자를 열어 보시지요."

"그러지."

이용석이 금고에 있던 상자 중 하나를 열었다. 놀랍게도 상자에는 은화가 가득 들어 있었다.

"이야, 이게 대체 얼마나 되는 거야?"

이용석이 다른 상자를 차례로 열었다. 금고에 쌓아 놓은 상자에는 전부 은화가 들어 있었다.

"놀랍네. 얼마나 많은 인삼을 가져왔기에 은화가 이렇게 많은 거야?"

유혁원도 동의했다.

"그러게나 말입니다. 그런데 다른 선박에도 은화가 이만 큼 있나?"

특전팀장이 대답했다.

"보고에 따르면 절반 정도가 보관되어 있습니다."

"절반이라도 상당한 양이잖아."

이용석이 정리했다.

"어쨌든 우리로서는 좋은 일이다. 그러니 다른 상황은 본부가 알아서 확인하도록 하자. 지금부터 양쪽의 은화를 지리산으로 넘기도록 하자."

유혁원이 양보했다.

"신채호로 옮겨 싣는 것이 좋지 않겠습니까?"

"지리산이 옮겨 싣기 편하잖아. 지금 시대에 우리가 숨겨서 이송할 필요가 어디 있다고 그래. 더구나 지리산은 우리보다 속도가 빠르잖아."

"알겠습니다."

2척의 상선에 보관된 은화 상자가 지리산으로 옮겨 실렸다. 은화가 옮겨지는 동안 갑판에서는 회의가 진행되었다.

유혁원이 제안했다.

"선배님, 이 배를 수장시키기에는 너무 아깝습니다. 이대로 본부로 끌고 가서 우리가 사용하지요."

이용석의 눈이 커졌다.

"범선을 우리가 사용하자고?"

유혁원이 적극적으로 설명했다.

"그렇습니다. 앞으로 서양과의 교역을 하려면 범선이든 기범선이든 필요합니다. 그런데 이 범선을 활용하면 구입 비용을 줄일 수 있지 않겠습니까? 그리고 이 정도 규모면 조선 수군을 훈련시키는 데에 아주 유용할 것이고요."

"기범선이 아닌데 쓸모가 있을까?"

"증기기관을 설치하면 화물을 많이 선적할 수도 없고 항해 비용도 많이 들어갑니다. 그래서 아직까지 대부분의 상선은 범선을 운용하고 있습니다. 그리고 범선의 운용 방법을 알면 기범선을 더 잘 운용할 수 있지 않겠습니까?"

잠시 생각하던 이용석이 동조했다.

"그렇게 하자. 기범선이 아닌 것이 아쉽기는 하지만 필요하면 그때 가서 우리가 기관을 설치하면 되겠지. 더구나 당분간은 유럽까지 교역하지 않을 테니 범선도 나쁘지 않겠어."

특전팀장이 우려했다.

"저도 범선 활용에는 찬성합니다. 그런데 포로는 어떻게 합니까? 2척을 합치면 포로의 숫자가 100여 명이나 됩니다."

이용석이 결정했다.

"그 문제는 본부에서 결정하게 하자. 본부에서 제거하라고 결정하면 그때 수장시켜도 되잖아."

"알겠습니다."

본래의 계획은 작전에 성공하면 해당 상선을 수장시키려고 했다. 그런데 작전이 일방적으로 성공하면서 범선까지 얻게 된 것이다.

최상의 결과였다.

나포한 2척의 범선 운항은 지리산의 간부들이 담당했다. 그러나 해군 간부들 중 기관이 없는 선박을 운항해 본 경험은 아무도 없었다.

어쩔 수 없이 포로를 활용해야 했다.

미국인 포로들의 완강히 선박 항해를 거부하려 했다. 그러나 총을 들이댄 협박과 공포심 조장이 이어지자 마지못해 지시에 따랐다.

일반 선원인 동남아인과 쿨리들은 상대적으로 거부감이

덜했다. 이들은 누가 지휘하든 안위를 보장받고 급여만 받으면 되었다.

그래서 미국인들은 협박하고 일반 선원들은 달래 가면서 항해를 시작했다. 항해가 시작되자 해군 간부들은 손쉽게 범선 항해술에 적응했다.

물론 거친 풍랑을 만났다면 달라졌을 수도 있었겠지만 다행히 바다는 잠잠했다. 덕분에 해군 간부들의 항해술 습득은 급속히 진행되었다.

며칠 후.

2척의 범선이 울릉도에 도착했다. 울릉도는 목재가 사용되었으나 상당히 튼튼하게 만든 선착장이 건설되어 있었다.

선착장에는 미리 연락받은 병력이 대기하고 있었다. 대진도 그중 하나여서 지리산이 정박하자마자 갑판으로 올라갔다.

"필승! 고생이 많으셨습니다."

지리산 함장 유혁원이 답례했다.

"충성! 예상보다 저항이 별로 없어서 인명피해는 전혀 발생하지 않았어. 덕분에 보다시피 2척의 범선도 나포해 올 수 있었고."

"다행입니다. 최루탄이 상당한 효과를 거뒀다고요?"

유혁원이 엄지손가락을 치켜세웠다.

"효과 최고였어. 단 2발에 갑판이 초토화되면서 작전 수행이 아주 편안했어. 다음에도 같은 방법을 사용한다면 큰 효과를 거둘 수 있을 것 같아."

"작전 계획 수립에 참고하겠습니다. 그런데 노획한 재화가 상당하다고요?"

"그래, 인삼 교역선이어서 상당한 액수는 기대했지만 상상 이상이었어."

"총액수가 50만 달러가 넘는다고요?"

"정확히 52만 5천 달러야."

"그렇습니까?"

유혁원이 웃었다.

"하하! 52만 5천 달러라니 실망한 표정인데?"

대진이 급히 변명했다.

"아니, 대박이었다고 보고했기에 엄청난 줄 알았는데 금액이 예상 밖이어서요."

유혁원이 고개를 저었다. 그러고는 수첩을 보며 하나하나 설명을 시작했다.

"그렇지 않아. 선주의 말에 따르면 미국의 달러는 금과 호환되어 있는데 1달러는 금 1.4848g이라고 해. 거기에 대입해 52만 5천 달러를 금으로 환산하면 779.520kg이지. 그리고 이를 은으로 환산하면 1 : 15를 적용해서 11.692톤이야. 우리가 수확해 온 은화를 무게로 따지면 그만큼 된다는 거야. 무역 은화의 개수로 따지면 48만여 개가 돼."

대진의 눈이 커졌다.

"그렇게나 많습니까?"

"그래, 그 물량을 조선의 척관법으로 환산하면 금으로 20,787냥이며 천은(天銀) 311,805냥이야. 그리고 상평통보로 환산한다면 155만 냥이 넘어."

대진의 눈이 더 커졌다.

"대단합니다. 조선에서 쌀 1섬에 5냥인데, 155만 냥이면 31만 석을 산단 말이군요."

"그렇지. 실로 막대한 금액이지."

"지금의 화폐가치가 대단히 높군요."

"맞아. 나도 포로들의 설명을 듣고 놀랐어."

대진이 고개를 갸웃했다.

"그런데 어떻게 인삼 교역으로 이렇게 많은 재화를 벌어들일 수 있었던 겁니까? 가져온 물량이 엄청났다고 하던가요?"

유혁원이 설명했다.

"그렇지 않아. 이들이 미국에서 인삼을 싣고 온 것은 맞아. 그런데 인도에서 인삼 수요가 있다는 소문을 듣고는 거기를 먼저 갔다고 해. 그리고 가져간 인삼 상당량을 비싸게 팔고서 그걸로 다시 아편을 구입해 광주로 넘어갔다고 하더라고."

대진이 크게 고개를 끄덕였다.

"삼각무역으로 막대한 수익을 거뒀다는 말이군요. 그것도 아편을 판매해서요."

"그렇지. 미국인 선주가 평생에 한 번 잡은 기회를 놓쳤다고 원통해한다고 했을 정도야."

그 말을 들으니 대진도 선주의 마음이 이해가 되었다.

"그렇겠네요. 수에즈운하가 뚫린 이후로 교역으로 수십 배 차익을 남기는 경우는 없어졌으니까요."

"그렇지. 어쨌든 이번 작전의 성공으로 우리의 운신의 폭이 넓어져서 다행이야. 재물을 털린 당사자에게는 비극이겠지만 우리에게는 더없이 좋은 결과가 되었어."

대진이 의외의 발언을 했다.

"자업자득이라고 생각합니다."

"자업자득?"

"회귀 전 조선이 맥없이 일본에 굴복했던 것은 미국 때문입니다. 프랑스도 그랬지만 미국도 무력으로 조선을 굴복시키려 했습니다. 그 바람에 병인양요에 이어 신미양요까지 당했고요. 그런데 신미양요가 문제였습니다. 당시 조선은 미국에 맞서 격렬하게 저항했습니다. 그런 저항을 보고는 조선을 무력으로 제압하는 건 어렵다고 판단해 철수했고요. 그렇게 철수하는 와중에 강화도에 배치되어 있던 각종 군사 무기를 강탈해 가면서 조선의 해안 방어력이 급격하게 약해졌던 것입니다."

유혁원도 공감했다.

"맞아. 프랑스나 미국이나 조선의 사정은 조금도 감안하지도 않고 무력으로 침략했었지. 그 여파로 인해 일본이 손쉽게 어부지리를 얻었고."

"그렇습니다. 그 결과, 끝내 강제합병을 당해야 했고 민족분단으로 이어진 것입니다. 그리고 우리가 오기 전까지 이전 세계의 남북 분단은 해결되지 않았고요."

대진이 주먹을 움켜쥐었다.

"다른 나라는 모르지만 미국과 프랑스만큼은 반드시 대가를 치르게 해야 합니다. 대의원 회의에서도 저들의 침략 행위만큼은 반드시 짚고 넘어가자고 결의했고요."

유혁원도 동조했다.

"맞아. 그래서 이번에 미국 상선을 먼저 공략하게 되었지."

대진이 이를 갈았다.

"반드시 대가를 치르게 해야 합니다. 미국은 조선에 대해 동양의 작은 나라를 한번 집적거렸다고 생각하고 있을 겁니다. 그 바람에 조선의 미래가 완전히 달라져 버렸고요. 그러니 그에 대한 대가가 얼마나 무서운지를 두고두고 절감하게 만들어 줘야 합니다."

"프랑스도 그래야겠지?"

대진이 격하게 고개를 끄덕였다.

"물론입니다. 프랑스는 미국보다 훨씬 더 악랄한 존재입니다. 조선의 천주교는 세계에서 유일하게 학문이 신앙으로 발전했습니다. 선교사의 포교에 의해서가 아니라 자발적으로 태동된 것입니다."

"위대한 일이지."

"그렇습니다. 그런 천주교를 마치 자신들의 것처럼 악용하려는 나라가 프랑스입니다. 신성해야 할 종교를 앞세워 식민정책을 펼치는 프랑스는 미국보다 더 혹독한 대가를 치르게 해야 합니다."

유혁원이 굳은 표정으로 몇 번이고 고개를 끄덕였다. 그러던 그가 손을 들어 내항을 가리켰다.

"그건 그렇고 저 범선을 봐."

대진의 시선이 범선을 향했다. 2척의 범선은 인도선의 인도를 받아 가며 내항으로 들어오고 있었다.

"본래는 수장시키려고 했어. 그런데 너무 깨끗하게 포획해서 여기까지 끌고 온 거야. 서양과의 교역에 사용하다가 적당한 시기에 조선 수군의 훈련용으로 사용하려고 말이야."

대진이 고개를 저었다.

"계획은 나쁘지 않습니다. 그러나 대외 교역에 사용하려면 저대로는 곤란합니다. 우선적으로 외형을 대대적으로 손봐야 할 것 같습니다."

"당연히 그래야겠지. 지금처럼 외형이 너무 뚜렷하면 당장 문제가 생기게 될 거야."

잠시 후.

2척의 범선도 내항에 안착했다.

가장 먼저 해병여단 병력이 올라가서는 포로들을 데리고 내려왔다. 그렇게 하선시킨 포로들은 임시로 마련한 시설에 수용했다.

이어서 은화 상자가 금고로 옮겨졌다. 은화의 물량이 상당해서 하역 작업은 꽤 오래 진행되었다.

이전 작업이 끝났다는 보고에 손인석이 지휘부와 함께 금고를 찾았다. 쌓여 있는 은화 상자를 본 사람들은 하나같이 놀라워했다.

손인석이 감탄했다.

"대단하구나. 보고를 들었을 때는 막연히 많다고 생각했는데, 실제로 보니 엄청나구나."

함대참모장이 동조했다.

"그러게 말입니다. 유럽 제국이 공공연하게 사략 함대를 운용했다고 하더니 이래서였군요."

손인석이 질문했다.

"지금도 사략 함대가 운용되고 있나?"

대진이 대답했다.

"1856년 파리선언으로 금지되었습니다. 그러나 미국은 이 선언에 참여하지 않아서 지금도 의회에서 사략 면장을 발행해 줍니다. 그리고 사략 면장은 우리가 살던 시대에도 미국

헌법이 보장하는 의회의 권한으로 존재하고 있습니다."

손인석이 놀랐다.

"뭐야? 노략질을 승인하는 제도가 21세기의 미국에 존재
했다고?"

"그렇습니다. 분명 존재하는 명문 규정입니다."

손인석의 고개가 저어졌다.

"의외구나. 노략질을 하도록 의회에서 정식 면장을 발급
해 주었다는 사실도 놀라운 일이야. 그런데 그런 규정을 없
애지 않고 존속시키고 있다는 것은 더 놀라운 일이야."

해병여단장 장병익이 나섰다.

"제독님, 우리 마고부대도 정식으로 사략선을 허용하는
규정을 만들면 어떻겠습니까?"

"미국에 대응하자는 말이야?"

"그렇습니다. 미국이 규정을 없애지 않았다는 건 언제라
도 사략선을 인정하겠다는 의미입니다. 그런데 앞으로 미국
과 이런저런 문제로 부딪칠 일이 많습니다. 그런 우리가 저
들에게 명분에서 밀릴 이유는 없지 않겠습니까?"

그 말을 들은 손인석의 표정이 심각해졌다.

"충분히 일리가 있는 제안이다. 그런데 우리는 아직 국가
가 아닌데 규정을 만든다고 해서 다른 나라가 인정해 줄까?"

대진이 나섰다.

"어차피 사략선은 파리선언으로 금지된 행위입니다. 단지

미국만 그 선언에 가입하지도 않고 의회법도 개정하지 않고 있습니다. 그렇다는 것은 언제라도 사략 행위를 공식적으로 승인해 주겠다는 의미 아니겠습니까?"

"그렇기는 하지만……."

손인석이 쉽게 동의하지 못했다. 장병익이 그런 모습을 보고는 한발 더 나갔다.

"제독님, 미국은 아직 초강대국이 아닙니다. 영국은 물론 프랑스나 독일에도 국력에서 밀립니다. 미국이 초강대국이 된 것은 두 번의 세계대전을 거치면서입니다. 그리고 우리와는 장차 태평양의 패권을 두고 맞싸워야 하는 나라입니다."

"그건 그렇지. 우리가 여기에 왔는데 다른 것은 몰라도 태평양은 우리 바다로 만들어야지."

"그렇습니다. 두 번의 세계대전에서 막대한 수익을 거둔 나라가 미국입니다. 여기에 불안한 유럽 정세로 인해 수많은 인재들이 미국으로 이주하게 되면서 인재까지 넘쳐 나면서 강대국의 기틀이 마련된 것이고요."

"맞아. 거듭된 세계대전으로 유럽 강국들이 동시에 몰락한 것이 결정적이었지."

"어떻게 보면 어부지리라고 할 수 있지요."

"그 말도 일리가 있어."

이때 참모 중 한 명이 나섰다.

"제독님, 미국은 1898년에 벌어졌던 스페인과의 전쟁 당시 사략 면장을 발행했습니다. 그리고 면장을 받은 사략선이 카리브 일대에서 상당한 역할을 했습니다."

손인석이 눈을 번쩍 떴다.

"그래? 그런데 귀관은 그런 사실을 어떻게 알게 된 건가?"

참모가 사정을 설명했다.

"아무래도 사략선에 대한 문제가 거론될 것 같아서 미리 조사해 봤습니다. 그런 조사를 하는 와중에 놀란 점은 사략선이 의외로 중요한 역할을 했다는 사실이었습니다. 특히 영국이 스페인을 누르고 해양 대국으로 발돋움하는 데 결정적 역할도 했습니다."

손인석이 모르는 사실이었다.

"그 정도로 중요한 역할을 했어?"

"그렇습니다. 스페인이 남미에서 거둬들인 은 등의 재화를 영국의 사략선이 집중적으로 공략했다고 합니다. 그 결과 스페인의 국가 재정이 흔들리면서 군사력도 따라서 약화되었고요. 그러다 영국과의 해전에서 대패하면서 이류 국가로 전락하게 된 것입니다."

장병익의 목소리가 커졌다.

"놀라운 일이구나. 사략선이 그렇게 대단한 역할을 했을 줄 몰랐네. 제독님, 그리고 미국에 대해 잊지 말아야 할 사실이 하나 있습니다."

손인석이 바로 관심을 보였다.

5장

"그게 무언가?"

"미국은 국익을 위해서라면 언제라도 국제 규정을 무시할 수 있다는 사실입니다."

부사령관 이기운도 적극 동조했다.

"맞는 말입니다. 이곳으로 오기 전 미국은 초강대국이 된 이래로 거의 깡패 국가나 다름없었습니다. 미국은 인권을 늘 부르짖습니다. 그러나 자국의 국익을 위해서라면 없는 명분도 만들어 전쟁을 일으키는 나라입니다. 그 바람에 무고한 사람들이 수없이 죽어 나가기도 했고요. 경제 패권을 놓지 않기 위해서 다른 나라는 안중에도 없는 행동을 한 적이 한두 번이 아니었습니다. 대한민국도 그로 인해 무수한 피해를 입었지요."

모두가 고개를 끄덕였다.

대진이 거들었다.

"그렇습니다. 미국은 국제질서 따위는 언제라도 무시할 수 있는 나라였습니다. 자신들의 독주에 위협이 된다는 판단이 들면 반드시 보복을 자행했고요. 더구나 우리가 조선에 진출했을 때를 대비하기 위해서라도 사략선에 대한 규정은 반드시 필요합니다. 그리고 우리가 간과하고 있는 중요한 사실이 있습니다."

손인석이 흠칫했다.

"무엇을 간과했다는 거지?"

대진이 차분히 설명했다.

"작전에 참여하는 장병들의 사기입니다. 장병들의 입장에서 이번 일은 범죄자나 하는 행위입니다. 아무리 취지가 좋다고 해도 노략질을 반복하게 되면 다수의 장병들이 딜레마에 빠질 수 있습니다. 그런데 우리는 이러한 작전을 상당 기간 반복해야 합니다."

그제야 그 사실을 상기한 손인석이 심각한 표정으로 고개를 끄덕였다.

"장병들의 사기 문제도 있었구나."

"만일 본부에서 사략선 규정을 정식으로 채택한다면 정당성을 확보하게 됩니다. 그렇게 되면 혹시 발생할지 모를 이견이나 사기 저하도 미연에 방지할 수 있을 것입니다."

손인석이 자책했다.

"그렇구나. 정말 중요한 사안은 우리 장병들의 명예인데 그것을 간과하고 있었어."

대진의 설명이 이어졌다.

"누구도 해 보지 않은 일이었습니다. 그래서 사후에 발생할 수 있는 상황을 간과하고 있었던 것입니다. 그리고 지금도 늦지 않아서 사략 행위에 대한 분명한 규정을 만든다면 앞으로의 활동에 큰 도움이 될 것입니다."

손인석이 바로 결정했다.

"좋아. 우리 장병들의 활동을 위해서라도 사략선에 대한 규정을 정식으로 만들자."

모든 사람들이 일제히 고개를 숙였다.

"감사합니다."

결심을 굳힌 손인석이 시선을 돌렸다. 그런 그의 시야에 내항에 정박된 2척의 범선이 들어왔다.

손인석이 지시했다.

"나포해 온 저 범선도 외형을 전면 개장해서 유용하게 활용하자. 그것이 목숨을 걸고 임무를 완수한 장병들의 노고에 보답하는 길이다."

함대 참모장이 나섰다.

"즉각 조치하겠습니다. 그리고 범선을 운용할 병력도 지원받아야 하지 않겠습니까?"

"당연히 그렇게 해야겠지."

대진이 다시 제안했다.

"제독님, 동남아와 중국인 선원을 활용하는 건 어떻습니까?"

손인석이 크게 놀랐다.

"잡아 온 자들을 선원으로 활용하자니? 그게 가능할 것 같아?"

"충분히 가능합니다. 동남아와 중국 선원들은 미국에 대한 충성심은 조금도 없습니다. 오로지 먹고살기 위해 배를 탄 사람들입니다. 그런 선원들에게 정신교육 해서 허드렛일을 시킨다면 인력 절감에도 도움이 됩니다. 범선을 운용하려면 궂은일을 해야 하는 경우가 한두 가지가 아닙니다."

함대참모장이 부정적인 의견을 냈다.

"하지만 그러다 동남아 선원들이 밀고라도 하면 어떻게 하려고? 우리가 사략했다는 사실이 알려지면 문제가 될 소지가 많지 않겠어?"

대진이 고개를 저었다.

"저는 별문제가 되지 않을 거라고 예상합니다."

"왜 그런 생각을 하는 거지?"

"인종차별이 횡횡하는 시대입니다. 그런 시대에서 미국인들은 분명 동남아 선원들에게 중요한 일을 맡기지는 않았을 겁니다. 쿨리들은 거의 노예처럼 부려졌을 것입니다."

대진의 차분한 설명을 들은 함대참모장이 바로 인정했다.

"미국과 달리 인격적으로 예우해 주면서 임금도 더 준다면 배신하지 않을 거란 말이구나."

"그렇습니다. 그리고 설령 도망쳐서 밀고한다고 해도 우리를 뭐라고 신고하겠습니까? 그리고 무엇으로 우리를 제재할 것이고요?"

장병익이 적극 동조했다.

"옳은 말이야. 만일 미국이 겁도 없이 함대를 끌고 와서 덤빈다면 모조리 수장시키면 돼. 그래도 다시 덤빈다면 또 박살 내면 되는 일이고. 그래도 부족하다면 아예 뉴욕과 워싱턴을 초토화해 버리면 되잖아."

너무 많이 나갔다고 생각했는지 장병익이 도중에 말을 슬쩍 돌렸다.

"물론, 그렇게 하려면 상당한 시간이 필요하겠지만 말이야."

대진이 거들었다.

"맞습니다. 우리에게는 시간이 필요할 뿐입니다."

그때 오가는 대화를 듣던 손인석이 갑자기 크게 웃었다.

"하하하!"

장병익이 당황했다.

"제가 말을 너무 심하게 했습니까?"

손인석이 손을 저었다.

"아니야, 아냐. 절대 그렇지 않아. 나는 지금 상황이 너무 기분이 좋아서 그래."

"지금 상황이요?"

"그래. 장 여단장이 미국을 상대로 막말에 가까운 발언을 했어. 그런데도 우리 중 누구도 그게 잘못되었다는 생각을 하지 않고 있잖아."

장병익이 급히 주변을 돌아봤다.

옆에 있던 모두가 입가에 미소를 지으며 고개를 끄덕이고 있었다. 그 모습을 본 장병익이 더 크게 웃었다.

"하하하! 맞습니다. 이전이었다면 감히 생각지도 못한 말을 제가 거침없이 했습니다. 이런 것을 보면 우리가 다른 세상에 오기는 왔나 봅니다. 그런데 제독님, 그게 너무도 기분이 좋습니다."

"하하하!"

"하하하!"

모든 지휘관들이 한바탕 크게 웃었다. 지휘관들은 그렇게 웃으면서 과거의 미국이란 존재를 말끔히 털어 버렸다.

그래서 웃음소리가 더 크게 들렸다.

얼마 뒤 손인석은 특별 담화를 통해 사략선 규정을 발표했다. 그러고는 참여 대원들의 심정을 헤아리지 못한 것에 대해 정식으로 사과했다.

이 발표는 마고부대 구성원들의 열렬한 호응을 받았다. 특히 사략 임무를 직접 담당하고 있는 특전대원과 해병여단은 진심으로 고마워했다.

조선을 개혁하기 위한 준비라는 명분은 결코 적지 않다. 그러나 실제 행위는 해적질이었기에 대원들이 갖는 심리적 부담은 의외로 컸었다.

그런 심적 부담을 지도부가 헤아려 준 것이다. 그것도 규정까지 확실하게 만들어 정당성까지 부여해 준 사실에 대원들은 환호했다.

덕분에 전체 분위기도 고무되었다.

다음 날.

범선 개조 작업과 운용 요원 지원 신청이 동시에 진행되었다. 개조 작업에는 울릉도의 조선인과 일본인 포로들이 투입되었다.

범선 운용 요원 선발에 의외로 많은 사람이 지원했다. 덕분에 인원 선발이 단번에 마감되면서 곧바로 항해술 습득 훈련을 실시할 수 있었다.

범선은 1척은 개조하고 다른 1척은 훈련에 동원되었다. 그렇게 번갈아 가며 훈련을 실시한 덕분에 범선 운용 능력은 짧은 시간에 일취월장했다.

1842년.

1차 아편전쟁에서 승리한 영국은 막대한 배상금과 함께 홍콩 섬을 할양받았다. 동시에 5개 항구가 개항되었으며 그 중 하나가 상해다.

상해는 지리적인 장점 덕분에 1843년 11월 정식으로 개항되자마자 사람들이 몰렸다. 1845년 처음 영국조계지가 개설되었으며, 이후 미국과 프랑스 조계가 각각 건설되었다.

조계 설정은 서양과 청국의 합작품이다.

서양은 자신들만이 거주하는 별도의 지역을 원했다. 청국도 자신들이 추구하는 화양별거(華洋別居) 정책을 고수할 필요가 있었다.

상해조계는 이렇듯 양측의 이해관계에 따라 설정되었다. 청국은 조계지를 상해현성 옆의 황량한 공터를 지정해 주었다. 그 바람에 상해조계는 황포 강변을 중심으로 발전하게 되었다.

그러던 1856년.

두 번째 아편전쟁이 벌어졌다. 이 전쟁에서 청국이 재차 패배하면서 상해를 비롯한 조계 지역은 치외법권까지 인정받았다.

1860년에는 공부국(工部局)이 조계를 공동관리하게 되었다. 그러나 이내 프랑스가 공동관리에서 탈퇴하였으며, 영국과 미국 조계가 통합되면서 공공조계가 출범했다.

이때부터 상해조계가 급속히 발전했다.

각국의 무역회사와 은행이 속속 설립되었다. 미국의 기창양행(旗昌洋行), 영국의 이화양행(怡和洋行), 지금의 HSBC은행인 회풍은행(滙豊銀行)이 자리 잡으면서 대륙 최고의 상업 도시로 거듭나고 있었다.

상해항은 장강과 접한 하항(河港)이다.

상해 항구는 상해의 발전에 발맞춰 크게 번성하고 있었다. 항구에는 많은 외국 선박이 정박해 있었으며 청국 고유의 정크선도 상당히 많았다.

5월 중순.

장강 하구에 1척의 상선이 나타났다.

이 배는 울릉도에서 개장을 마친 범선으로, 대진 등이 승선해 있었다. 대진이 선수에서 가까워지는 상해 항구를 바라보고 있었다.

대진의 표정은 긴장감에 굳어 있었다. 동행하고 있는 특전팀장이 그런 대진을 보며 입을 열었다.

"많이 긴장되나 봅니다. 과장님이 긴장하시는 모습은 처음 보네요."

대진은 부인하지 않았다.

"나도 모르게 절로 긴장이 되네."

"그러실 겁니다. 저도 지난번 미국 상선을 나포할 때 많이 긴장했습니다."

"송 대위는 웬만한 상황은 눈도 깜빡하지 않을 정도로 담대하잖아. 그런 송 대위가 긴장을 했다니 믿기지가 않아."

송도영이 당시 기억을 더듬었다.

"저도 의외였습니다. 그동안 많은 작전에 참여하면서 제 딴에는 누구보다 강심장이라고 자부해 왔었습니다. 그런데 도 지난번에는 이상하게 긴장이 되더라고요. 아마도 이 시대 에서 처음 치른 작전이어서 그랬던 것 같습니다."

"반드시 성공해야 한다는 부담감이 커서 그랬을 거야. 나도 강심장으로 소문난 사람인데 이번만큼은 긴장이 많이 돼."

"성공에 대한 부담감이 이전과는 판이합니다."

대진이 전의를 다졌다.

"어쩌겠어, 그래도 이겨 내야지. 우리가 하지 않으면 누가 이 일을 할 수 있겠어? 시작이 반이라고 했으니 좋은 결과를 기대하면서 열심히 해 보자."

"과장님이라면 잘해 내실 겁니다."

대진이 자신의 옷차림을 살폈다.

"송 대위, 내 모습이 어때? 어색하거나 이상하지는 않지?"

송도영이 바로 대답했다.

"물론입니다. 아주 잘 어울리십니다. 저는 어떻습니까?"

"송 팀장도 딱 맞춤이야. 잘은 모르지만 지금의 상해에서 우리처럼 차려입은 동양인은 별로 없을 거야."

"맞습니다. 상해의 동양 신사라고 해도 과언이 아닐 것입 니다."

두 사람이 입고 있는 옷은 리처드 잭슨을 비롯한 미국인들의 것이었다. 선주인 리처드 잭슨의 전용 선실에는 10여 벌의 고급 정장이 구비되어 있었다.

　이를 손재주 좋은 장병이 손봐서 두 사람의 몸에 맞췄다. 이뿐만 아니라 함께하고 있는 일행도 미국 선원들의 옷을 입고 있었다.

　대진이 갑판을 죽 둘러봤다.

　마군 출신 선원들은 나름대로 맡은 일을 열심히 하고는 있었다. 그러나 대부분 긴장한 기색이 역력한 표정들이었다.

　대진이 손뼉을 치며 소리쳤다.

　짝! 짝! 짝!

　"자! 모두 힘을 내자. 너무 긴장하면 의외의 실수가 나올 수가 있어. 그러니 어깨힘을 풀도록 해."

　대진의 말을 들은 선원들은 서로를 격려하며 긴장감을 풀었다. 이러는 동안 범선은 선착장 접안에 성공했다.

　선장을 맡은 송도영이 소리쳤다.

　"닻줄을 던져라!"

　마군 출신 선원이 선착장을 향해 줄을 던졌다. 그것을 항구 노동자가 받아 단단히 고정했다.

　외국 상선이 정박에 성공했다고 바로 하선할 수는 없다. 대진과 일행이 잠시 기다리자 청국 관리 한 명이 병사에게 해관(海關) 깃발을 들려서 다가왔다.

범선으로 다가온 관리가 소리쳤다.

"나는 상해해관의 관원인 양용이다! 그대들이 타고 온 배를 조사해야 하니 사다리를 내려라!"

해관 관리는 대진이 타고 온 범선을 서양 선박으로 오인했다. 그래서 양용의 말을 청국 역관이 서툰 영어로 통역했다.

대진이 상황을 짐작하고 영어로 소리쳤다.

"사다리를 내려라!"

사다리가 내려지고 상해해관의 양용이 몇 명이 병사와 함께 갑판으로 올라왔다. 갑판을 오른 양용이 주변을 둘러보다가 대진과 눈이 마주쳤다.

양용이 움찔했다. 연미복을 입은 두 사람의 덩치가 생각보다 컸기 때문이다.

양용의 목소리가 낮아졌다.

"그대들은 어디서 온 누구요?"

대진이 당당하게 앞으로 나섰다.

그리고 영어로 자신을 소개했다.

"인사드리겠습니다. 저는 일본에서 온 상인으로, 이름은 데이비드 리라고 합니다."

청국 역관이 더듬거리며 통역했다. 일본이라는 말에 상해해관 관리 양용의 눈이 커졌다.

"일본 상인이라고요?"

"그렇습니다."

대진이 돛에 걸린 깃발을 바라봤다. 그런 대진을 따라 고
개를 든 양용의 눈에 중간 돛에 걸린 마군의 깃발이 보였다.

"저게 일본 국기란 말이오?"

"그렇습니다."

"일본도 개항하면서 국기를 제정했나 보군요."

"그렇습니다."

"그런데 그대들은 왜 영어를 하는 것이오?"

"상해에는 우리 같은 일본 상인은 처음인 것으로 압니다.
그래서 대화하기 쉽도록 영어로 말하는 것입니다."

"우리 한어로 해도 되는데 영어라니요?"

　대진이 고개를 숙였다.

"안타깝게도 제가 한어를 잘 못합니다. 그러니 양 대인께
서 이해해 주셨으면 합니다."

　양용이 입맛을 다셨다.

"우리 말을 모른다니 어쩔 수 없지. 그런데 일본 상인이
상해에는 어인 일이시오? 이름도 이상하게 서양 이름을 하
고 서양 옷을 입고 서양 배를 몰고 말이오?"

　대진이 크게 웃었다.

"하하하! 상인이 왜 왔겠습니까? 당연히 교역하러 왔지요.
그리고 이러한 복장을 입은 까닭은 개항하면서 서양 문물을
적극 도입했기 때문이지요. 아울러 범선도 교역을 위해 서양
에서 구입한 것이고요."

양용이 크게 놀랐다.

"상인이 이렇게 큰 배를 구입했단 말이오?"

"당연히 구입했지요."

"대단하군요. 재력이 얼마나 많기에 일개 상인이 이렇게 큰 배를 구입한단 말이오?"

대진이 슬쩍 얼버무렸다.

"도움을 주신 분들이 있었기에 가능한 일이지요."

"아! 후원자가 따로 있나 보군요."

대진의 말을 양용이 오해했다. 대진은 그런 오해를 풀어 줄 필요가 없었기에 그냥 넘겼다.

"그렇습니다."

"본국도 고관이나 황족께서 상인을 후원하는 경우가 종종 있지요."

"우리와 비슷하군요."

"그건 그렇고, 상해에서 무슨 교역을 하려는 거요?"

"우선은 쌀을 구입하려고 합니다. 그리고 서양 상인들과는 별도의 거래를 하려고 합니다."

"그럼 물건을 가져오지는 않는 거요?"

"이번에는 그렇습니다."

양용이 실망한 표정을 지었다. 그는 교역할 물건이 있어야 적당히 관세를 책정하면서 뒷돈을 챙길 수 있기 때문이다.

"팔 물건을 갖고 오지 않았다면 관세를 부여하지 못하겠구

나. 그런데 귀국도 서양과 통교하면서 개항하지 않았소? 그렇다면 귀국에서 서양과 교역하면 되는데 굳이 이곳 상해까지 올 필요가 있소?"

그러자 대진이 일부러 말을 지어냈다.

"그러기에는 본국과 청국의 경제 규모가 너무도 다릅니다. 안타깝게도 본국에 오는 상인들은 대규모 거래의 역량이 부족합니다."

그 말을 들은 양용의 턱이 대번에 들렸다. 그는 거만한 목소리로 대진의 말에 동조했다.

"그 말은 맞아요. 우리 대청은 일본과 나라의 규모가 다르지요."

대진이 더 자세를 낮췄다.

"맞는 말씀입니다. 그리고 청국에서 생산한 양곡이 필요한데 그것을 서양인들에게 의뢰할 수는 없지 않겠습니까?"

양용이 적극 동조했다.

"그 말도 맞소이다. 일본도 개항했으니 직접 교역하는 게 맞기는 하지요."

"예, 그래서 이곳 상해에서 청국의 쌀도 수입하고 서양 상인과 직접 교역하려고 왔습니다."

양용이 못내 아쉬워했다.

"교역할 물건을 가져오지 않은 게 아쉽군요. 허나 그대들의 사정이 그렇다니 어쩔 수 없네요. 그렇지만 상해에 온 이상 선내 조사는 반드시 해야 하니 이 점은 협조해 주시오."

"당연히 그래야지요."

대진이 양용의 옆으로 다가갔다. 그러고는 낮은 소리로 은근히 속삭였다.

"앞으로 저는 상해를 자주 왕래해야 합니다. 그래서 대인께 상해에 대해 여쭙고 싶은 게 있는데 잠깐 시간을 내주실수 있는지요?"

그 말에 양용이 반색했다.

"도움을 요청한다면 당연히 들어 드려야지요."

"가시지요. 제가 모시겠습니다."

양용이 병사들에게 지시했다.

"너희들은 내가 올 때까지 잠시 기다려라."

"예, 대인."

대진은 양용을 갑판 선실로 안내했다.

"이리 앉으시지요."

"어험! 무엇을 묻고 싶으신 거요?"

양용이 기대감에 잔뜩 들은 표정으로 대진을 바라봤다. 대진이 그의 눈을 바라보며 입을 열었다.

"양 대인께서 제가 하는 일을 도와주신다면 섭섭지 않게 사례를 하겠습니다. 우선."

쩔겅!

대진이 묵직한 주머니를 탁자에 올렸다. 그것을 본 양용의 얼굴은 바로 탐욕으로 물들었다.

"무역 은화 100개입니다. 대인께서 제 부탁을 들어주신다면 이만한 양을 더 사례하지요."

무역 은화 1개의 중량은 24.5g 내외다. 그런 무역 은화 100개는 천은 65냥 정도의 가치가 있다.

양용이 눈을 빛냈다.

무역 은화의 가치를 아는 그에게 당장 100개를 주고, 성사된다면 다시 100개를 준다고 한다. 양용이 탐욕스럽게 손을 내밀다가 이내 소매로 넣으며 대진을 바라봤다.

"너무 무리한 부탁은 들어줄 수가 없소."

대진이 고개를 저었다.

"그 점은 신경 쓰시지 않아도 됩니다. 대인께서는 해관에 계시니 상해에 상주하고 있는 외국 상인들을 잘 아시지요?"

"그렇소이다. 그리고 내가 모르는 사람도 해관에서 수소문하면 연줄이 닿은 사람을 바로 찾을 수 있을 거요."

"잘되었군요. 제가 바라는 것은 쌀을 매매할 청국 상인과 앞으로 저와 교역하게 될 외국 상인을 소개해 주시는 겁니다."

양용의 눈이 커졌다. 사람 소개는 그 자체만으로도 이권이었기 때문이다.

"정녕 그렇게만 해 주면 됩니까?"

"그렇습니다. 그리고 앞으로 주기적으로 양곡을 매입하려고 합니다. 그러니 기왕이면 양심 있는 청국 상인을 소개해 주셨으면 합니다."

양용이 장담했다.

"그 점은 조금도 걱정 마시오. 내 신실한 사람을 특별히 골라 추천해 드리리다."

"감사합니다. 다만 외국 상인 중에 미국과 프랑스 상인들은 배제해 주셨으면 합니다."

"그럴 만한 까닭이 있소?"

"다른 이유는 없습니다. 단지 제가 모시는 분께서 그런 지시를 하셔서 거기에 따라야 합니다."

"알겠소이다. 그 부분은 조금도 걱정 마시오."

대진이 슬쩍 주머니를 밀었다.

"잘 부탁드립니다."

조건을 확인한 양용은 얼른 주머니를 넣었다. 그러고는 자리에서 일어나면서 양해를 구했다.

"인사는 고맙소. 그러나 선내 조사는 형식적이라도 해야 하니 양해해 주시오."

대진이 두 팔을 벌렸다.

"당연히 그러셔야지요. 아랫사람이 보고 있는데 대인의 체면이 손상되면 안 되지요."

그러자 양용이 기쁜 낯으로 두 손을 모았다.

"하하하! 이해해 주어서 고맙소."

양용은 갑판으로 나가서 소리쳤다.

"선내 조사를 신속하게 마치도록 하라!"

양용이 데리고 온 병사들은 그와 오랫동안 손발을 맞춰 온 이들이었다. 그래서 신속하게 조사하라는 말의 진의를 바로 알아들었다.

"예, 대인."

양용의 지시대로 선내 조사는 신속하게 끝났다.

"대인, 아무것도 발견되지 않았습니다."

"수고했다."

양용이 두 손을 모았다.

"실례 많았소이다. 법적절차가 이러니 어쩔 수 없이 조사했소이다."

"아닙니다. 당연히 해야 할 일이지요."

"고맙소. 그 대신 부탁하신 일은 최대한 빨리 알아보리다."

"잘 부탁드립니다."

다음 날.

양용이 청국 상인과 역관을 대동하고 왔다.

"두 분, 인사하시오."

청국 상인이 두 손을 모았다.

"처음 뵙겠습니다. 소인은 상해에서 작은 가게를 하고 있는 오인원이라고 합니다."

대진이 전날처럼 영어로 답했다.

"오 대인이었군요. 저는 일본에서 장사하는 데이비드 리라고 합니다."

"반갑습니다. 일본인은 상해에서 처음 뵙는군요. 그런데 일본분이 영어 이름을 쓰시네요?"

"예, 앞으로 외국과의 교역을 위해 서양 이름을 지어 두었습니다."

"아! 그렇군요."

양용이 일어났다.

"이제부터는 두 분이 알아서 잘 풀어 가시오. 나는 사람을 소개해 주었으니 그만 돌아가겠소."

대진이 고개를 숙였다.

"감사합니다, 대인."

양용을 보낸 대진은 본격적인 협상에 들어갔다. 대진이 먼저 질문했다.

"양 대인께 들어서 알겠지만 양곡이 필요한데 구해 줄 수 있겠습니까?"

오인원이 바로 대답했다.

"물론입니다. 그런데 얼마나 필요하신지요?"

"분기별로 3만 석이 필요합니다. 소와 돼지 같은 가축은 물론 각종 양념 종류도 필요하고요. 그리고 양곡 거래는 지속적으로 했으면 좋겠고, 물량은 계속해서 늘어날 겁니다."

오인원은 크게 고개를 끄덕였다.

"그 정도 물량은 얼마든지 구해 드릴 수 있습니다. 그런데 대금은 어떻게 결제하실 건지요?"

"대금은 무역 은화로 지급할 것입니다."

"그렇다면 아무 문제 없습니다."

"그리고 값싼 인력도 구해 줄 수 있습니까?"

"쿨리가 필요하다는 말씀입니까?"

"그렇습니다. 가능하겠습니까?"

오인원이 흔쾌히 대답했다.

"물론입니다. 말씀만 하십시오. 몇천이든 몇만이든 필요한 만큼 공급해 드릴 수 있습니다. 그런데 몇 년 동안 무슨 일을 시킬 건지요?"

대진이 반문했다.

"쿨리를 고용하려면 얼마나 고용해야 됩니까?"

"대략 10년 정도로 계약합니다."

"그 정도면 충분하네요. 할 일은 섬을 개척하는 일이고 인원은 1,000명 정도 필요합니다."

"그 정도는 당장이라도 모집할 수 있습니다."

그때 대진이 손을 들었다.

"지금 당장은 필요 없습니다. 우리도 준비해야 할 시간이 필요하니 다음에 올 때까지 준비해 주시면 됩니다."

"좋습니다."

오인원이 양곡과 가축, 그리고 쿨리 소개 비용 등을 열거했다. 놀라운 점은 쿨리의 일당이 상상 이상으로 저렴하다는 것이었다.

대진이 놀라 반문했다.

"쿨리들의 일당이 이 정도밖에 안 됩니까?"

오인원이 크게 웃었다.

"하하하! 왜 그렇게 놀라십니까? 저는 대인께서 쿨리를 부탁하시기에 당연히 알고 계시는 줄 알았습니다."

"싸다는 것은 알고 있었습니다만 이 정도일 줄은 몰랐습니다."

"이 정도도 많이 책정한 겁니다. 솔직히 본토에 있으면 밥만 먹여 줘도 됩니다."

"그래요?"

"예, 상해를 나가 보면 아시겠지만 길거리에 넘치는 게 쿨리입니다. 대부분이 하루 밥벌이도 못 하고 굶주리고 있고요. 그런 자들에게 이 정도의 일당은 감지덕지이지요. 대인께서 싸다고 생각하신다면 제대로 정산이나 잘해 주십시오."

그 말에 대진은 의아해졌다.

"이 정도 임금도 지급하지 않는 사람이 있습니까?"

오인원이 한숨을 내쉬었다.

"후! 안타깝지만 사실입니다. 외국으로 나간 쿨리들의 절반 이상이 계약기간을 못 채우고 죽어 나가는 것으로 알고 있습니다. 그만큼 일도 힘들지만 임금을 주지 않으려고 가혹하게 부려 먹어서 그렇게 되는 경우가 많지요."

"아!"

"가혹한 대우를 견디지 못해 도망치는 자들도 부지기수고요."

"그런 사실을 쿨리들도 알고 있습니까?"

"그렇습니다."

"이상한 일이네요. 그런 사실을 알고 있으면서도 외국 상선을 타다니요?"

그 말에 오인원이 씁쓸해했다.

"불편하고 안타깝지만 사실입니다. 쿨리들은 먹고사는 그 자체가 절박합니다. 그리고 새로 배를 타려는 자들은 환상을 좇기 마련이지요. 다수가 죽거나 도망친다는 사실을 알지만, 그래도 계약기간을 무사히 버텨서 돈을 받는 자들이 있으니까요."

대진이 이해했다.

"보고 싶은 것만 본다는 말이군요. 남들은 어떤지 모르지만 자신만큼은 반드시 살아남을 자신이 있다고 생각하면서요."

오인원이 고개를 끄덕였다.

"그렇습니다. 그래서 외국으로 나가는 쿨리들은 대개 몸이 건장한 자들입니다."

"그렇군요. 우리도 일은 힘듭니다. 그러나 밥은 굶기지 않고 노임도 꼭 챙겨 주겠습니다. 이번에 구입하는 양곡 중에는 그들을 먹일 물량도 들어 있지요."

오인원이 눈을 크게 떴다.

"아아! 놀랍습니다. 외국인들은 쿨리를 노예처럼 다루는데 대인은 다르시군요."

대진이 확인했다.

"다시 말씀드리지만 섬을 개척하는 일은 결코 쉽지 않습니다. 그러한 점을 쿨리들에게 꼭 주지시켜 주어야 합니다. 그리고 섬 개척이 끝나면 다른 지역으로 이동해서 개척해야 하고요."

"반드시 그렇게 조치하겠습니다."

이때 송도영이 조심스럽게 나섰다.

"과장님, 제가 한 말씀 드려도 됩니까?"

협상에서 통역이 나서는 경우는 거의 없다. 그러나 다른 사람도 아닌 송도영의 말이었기에 대진의 고개가 바로 끄덕여졌다.

"좋은 의견이 있으면 해 봐."

송도영이 제안했다.

"과장님, 임금의 일부를 먼저 지급하는 건 어떻습니까?"

대진이 바로 알아들었다.

"기왕이면 좋은 인력을 선발하자는 거구나?"

"예, 그렇습니다."

"음!"

오인원은 두 사람이 무슨 대화를 나누는지 궁금했다. 그러나 대화가 끝날 때까지 먼저 질문하지 않았다.

대진은 그런 오인원의 끈기에 감탄하며 송도영의 제안을 설명했다.

설명을 들은 오인원이 펄쩍 뛰었다.

"쿨리에게 임금을 선지급하시다니요? 지금까지 그런 경우는 단 한 번도 없었습니다. 그렇게 하지 않아도 가려 뽑을 정도로 인력은 차고 넘칩니다."

그러자 송도영이 처음으로 나섰다.

"기왕이면 튼튼하고 일 잘하는 사람을 선발하는 게 좋지 않겠습니까?"

"그거야 그렇습니다만."

"대인께서도 좋은 인력을 소개해 주면 여러모로 좋지 않겠습니까? 앞으로 인력을 모집하시는 데도 편할 것이고요."

"그건 그렇습니다."

"그러면 우리 제안을 따라 주시지요."

오인원이 잠깐 고심했다.

"알겠습니다. 좋은 생각이니 저도 더 이상 만류하지는 않겠습니다. 그런데 얼마나 선지급을 해 주실 건지요?"

이번에는 대진이 나섰다.

"무역 은화 1개를 주면 어떻겠습니까?"

오인원의 눈이 더없이 커졌다.

"예? 그렇게나 많이 준다고요?"

"왜요? 너무 많은가요?"

"방금 제가 쿨리들의 일당이 10문이라는 말을 드렸지 않습니까?"

"들었습니다. 우리가 파악한 바로 청국 인부들의 일당은 30문입니다. 그런데 쿨리의 임금이 10문이라고 해서 놀랐으니까요."

오인원의 설명했다.

"쿨리들이 하는 일은 한정되어 있습니다. 기술도 없고 거의가 문맹이어서 가장 더럽고 힘든 일을 하고 있지요. 그런 쿨리들의 일당이 10문이면 한 달에 300문입니다. 무역 은화는 1개가 대략 0.65냥인데 쿨리들이 무역 은화 1개를 벌려면 2개월을 넘게 일해야 합니다. 그렇게 큰 액수를 선지급하신다니요. 취지는 좋지만 너무 과합니다."

"문제가 많이 될까요?"

오인원이 고개를 저었다.

"당연히 위험합니다. 대인의 뜻은 존중받아야 마땅합니다. 그러나 그렇게 하면 바로 문제가 발생할 겁니다."

"그래요?"

오인원의 목소리가 높아졌다.

"쿨리들은 하루살이들입니다. 미래를 생각하지 않는다는 말이지요. 그런 자들에게 거금을 안겨 주게 되면 바로 도망칠 겁니다. 설령 배에서 주면 괜찮을 거라 생각하실지도 모르나 그들은 바다에 뛰어들어서라도 도망칠 겁니다. 저는 대인께서 그런 일로 곤란을 겪지 않기를 바랍니다."

"으음!"

"서양인들도 그런 위험성 때문에 현지에서 일당을 지급하는 겁니다."

오인원은 진심으로 걱정했다. 그러나 대진은 송도영의 제안이 의외로 좋은 효과를 볼 수 있을 거란 확신이 들었다.

"알겠습니다. 대인께서 우려하니 절반만 지급해 보지요?"

오인원이 다시 반대했다.

"대인, 절반도 많습니다!"

그러나 대진은 고개를 저었다.

"아닙니다. 우리는 충직하고 튼튼한 자들을 원합니다. 그러기 위해서는 최소한의 믿음을 주면서 인원을 선발해야 한다고 생각합니다. 그러니 그렇게 추진해 주십시오."

오인원이 난감해하다가 동의했다.

"알겠습니다. 대인께서 그리 말씀하시니 거기에 맞춰 추진하지요. 그러면 양곡은 이리로 가져와야 합니까?"

"조금 전에도 말씀드렸지만 우리는 분기별로 양곡을 구입해 가려고 합니다. 그런데 양곡을 지속적으로 구입해 가면 귀국 조정이 문제를 삼을 수 있을 겁니다. 그러니 저우산군도의 섬까지 배송해 주시지요. 가능하겠습니까?"

"가능은 합니다. 그러나 거기까지 수송하는 비용은 대인께서 부담하셔야 합니다."

"당연히 그 부분은 우리가 부담하지요."

"그러면 아무 문제 없습니다."

대진은 저우산군도의 무인도로 양곡을 배달하게 했다. 오인원도 대진이 지목한 섬의 위치를 알고 있어서 협상은 일사천리로 진행되었다.

계약이 체결되고 문서가 교환되었다.

오인원이 두 손을 모았다.

"좋은 거래 감사합니다. 약속한 부분은 소인의 명예를 걸고 철저하게 이행하겠습니다."

대진도 두 손을 모았다.

"잘 부탁드립니다. 그리고 대인께서는 석유에 대해 아십니까?"

"석유라면, 서양 상인들이 들여와 불을 밝히는 데 사용하고 있다는 정도는 압니다."

"혹시 청국에도 사용하는 곳이 있나요?"

오인원이 고개를 저었다.

"제가 알기로 없습니다. 불을 쉽게 밝혀서 좋기는 한데 가격이 너무 비쌉니다. 그래서 서양 상인들도 일반 유통을 하지 못하고 있는 것으로 압니다."

"가격만 적당하다면 수요는 있다는 말이군요."

"물론입니다."

이후 대진과 오인원은 많은 대화를 나누었다. 대화가 잘 진행된 덕분에 오인원은 배를 내려가면서 몇 번이고 두 손을 모아 인사했다.

송도영이 먼저 입을 열었다.

"석유를 수출하시려는 겁니까?"

대진이 고개를 저었다.

"아니야. 석유는 당분간 금수 품목이야."

"그런데 오 대인에게는 왜 청국의 사정을 확인하신 겁니까?"

"이 시대에 석유가 어느 정도 보급되었는지 확인하고 싶어서야. 그리고 청국에 석유에 대한 수요가 있는지도 알고 싶었고."

"그러셨군요. 저는 과장님께서 정색하고 질문하시기에 오해를 했습니다."

대진이 분명히 짚었다.

"우리가 이곳에 오게 된 원인이 석유잖아. 그런 석유를 함부로 외부로 돌릴 수는 없지. 더구나 조선의 개혁을 위해서는 석유는 너무도 소중한 자원이잖아."

"맞습니다. 조선이 서구와의 산업 격차를 줄이기 위해서라도 석유는 반드시 필요한 자원입니다."

대진이 희망을 밝혔다.

"조선은 유럽보다 산업 발전이 100년 이상 뒤쳐져 있어.

그런 조선이 서양의 공업을 그대로 들여온다면 격차를 줄이는 것만 수십 년이 걸려. 그래서 처음부터 석탄이 아닌 석유공업부터 시작하려는 거야. 물론 석탄도 필요하겠지만 주력은 석유로 하는 게 좋아."

송도영도 격하게 공감했다.

"탁월한 결정입니다. 우리가 보유한 지식으로 단계를 밟을 필요는 없는 게 맞습니다. 석탄공업도 나름대로 중요하지만 석유공업에는 비할 바가 아니지요. 그리고 석탄공업은 무엇보다 인력을 갈아 넣어야 하는 노동집약적 산업인 문제도 있고요."

"그렇지, 우리 입장에서는 북한 지역의 노천탄광이나 코크스 제작에 필요한 유연탄이면 족해. 과거처럼 부존자원이 없어서 채산성 없는 작은 탄광까지 개발할 필요는 없어."

"맞는 말씀입니다. 그런 노력을 할 바에야 오스만과 협의해 아라비아 동부 지역을 공략하는 편이 훨씬 이득이지요."

송도영이 갑자기 아라비아 동부를 거론했다. 순간 대진의 머릿속에서 여러 생각이 떠오르면서 입꼬리가 절로 올라갔다.

송도영이 미소를 지었다.

"생각만 해도 흐뭇하신가 봅니다."

대진이 웃음을 터트렸다.

"하하하! 그럼. 전 세계의 광물자원을 모조리 선점할 수 있다는 생각만 해도 흐뭇하지."

"그 전에 조선의 국력을 확실히 해야겠지요."

대진이 바로 동조했다.

"당연히 그래야지. 그 전에 조선이 동양 최강대국으로 만들 계획도 분명하게 매듭을 지어야겠지."

동양 최강대국이 무엇을 의미하는지 송도영은 모르지 않았다. 그가 뿌듯한 표정으로 대진을 바라보다가 눈이 마주쳤다.

"하하하!"

두 사람이 동시에 파안대소했다.

그런 두 사람의 주변에는 마고부대원들이 둘러싸고 있었다. 이들도 두 사람의 웃음에 동조해 함께 웃으면서 갑판이 온통 웃음소리로 뒤덮였다.

다음 날 양용이 다시 방문했다.

대진이 두 손을 마주 잡고 인사했다.

"어서 오십시오, 대인."

양용도 마주 인사했다.

"잘 쉬셨습니까?"

"덕분에 잘 쉬었습니다. 그리고 대인이 도와주셔서 좋은 상인을 만난 것 같습니다. 감사합니다."

"오 대인은 믿을 만한 사람입니다. 상인이 욕심이 없다면

거짓이겠지요. 그러나 그의 집안은 강남에서 역대로 사업을
꾸려 오면서도 명망을 잃지 않고 있습니다."

"그런 것 같았습니다."

양용이 서류를 건넸다.

"보름 동안 체류할 수 있는 허가증입니다. 상해해관에서 발
행한 것이어서 공공조계지를 출입하는 데 사용하시면 됩니다."

"감사합니다. 그런데 공공조계를 출입하는 데 허가를 받
아야 합니까?"

"그렇습니다. 조계지를 들어가기 위해서는 우리 해관이나
공공조계 공부국의 허가증이 있어야만 합니다."

"그렇군요."

"가시지요. 오늘 독일 상인과 만나기로 약속이 되어 있습
니다."

"아! 벌써 약속을 잡아 놓으셨군요."

"예. 오전에는 독일과, 오후에는 네덜란드 상인과 약속이
되어 있습니다."

대진은 네덜란드 상인을 먼저 만나 보지 못하는 것이 아쉬
웠다. 그러나 양용의 호의를 거절하지 못하고 두 손을 모았다.

"감사합니다. 며칠 걸릴 줄 알았는데 이렇게 빨리 약속을
잡아 주실 줄 몰랐습니다."

양용이 은근히 자랑했다.

"하하! 제가 해관에 있어서 외국 상인들과 교류가 조금 있

습니다. 어제 연통을 넣었더니 모두 대인을 만나 보고 싶다
고 하더군요."

"다행이네요."

대진이 송도영과 함께 하선했다. 하선한 양용이 손짓하니
병사가 말을 가져왔다.

"말에 오르시지요. 여기서 조계까지 거리가 있습니다."

대진이 당황했다.

"배려는 감사하지만 저는 말을 못 탑니다."

"걱정하지 않으셔도 됩니다. 이 말은 조련이 잘되어 있을뿐
더러 마부가 고삐를 잡고 있어서 안심하고 타셔도 됩니다."

대진이 두 손을 모았다.

"이런 배려까지 해 주시다니 감사합니다."

"하하하! 아닙니다. 앞으로 좋은 관계를 유지하고 싶은 제
작은 성의입니다."

"은혜 잊지 않겠습니다."

대진은 말을 타 본 적이 없었다. 그런데 마부의 도움을 받
아서 말에 탄 느낌이 의외로 좋았다.

능숙하게 말에 탄 양용이 확인했다.

"어떻게, 불편하지는 않나요?"

"아닙니다. 높아서 조금 아찔하지만 의외로 나쁘지 않습
니다."

"하하하! 그러시면 곧 숙달되시겠네요."

대진에 이어 송도영도 말에 올랐다.

그런 송도영도 별로 어려워하지 않았다. 이어서 청국 통역이 말에 오르니 마부들이 고삐를 잡고서 말을 이끌었다.

말이 움직이니 처음에는 꿀렁이는 느낌이 아주 불편했다. 그러나 어느 순간 말의 율동에 몸을 맞추게 되면서부터 놀랍게도 편안했다.

일행은 강을 따라 올라갔다.

한동안 그렇게 걷다 보니 전방에 꽤 넓은 도로가 보였다. 그런 도로의 안쪽과 바깥쪽 풍경이 확연히 구분되었다.

대진이 먼저 입을 열었다.

"저 도로 안쪽이 조계지인가 봅니다."

"그렇습니다. 처음 조계지가 설정되었을 때는 담장으로 경계했지요. 그러다 조계가 확장되면서 저렇게 도로를 닦아서 구분하고 있습니다. 지금 보시는 도로는 월계축로(越界築路)라는 별칭으로 불리고 있지요."

"아! 지역을 경계한다는 의미군요."

"그렇습니다. 그래서 영국인들은 Outside Road라고 부르고 있지요."

"그렇군요. 그런데 집의 형태를 보니 청국 사람들도 많이 살고 있나 봅니다."

"그게 다 태평천국의 난 때문입니다. 반란이 일어났던 당시 소도회라는 반란 조직이 상해현성을 점령하며 태평천국과 공조했습니다. 이때 상해지현을 비롯한 많은 사람들이 조계로 피신했지요."

그의 설명은 한동안 이어졌다.

"······그렇게 외국의 도움으로 반란이 진압되었지만 조계로 들어간 사람들이 문제였습니다."

대진이 바로 이해했다.

"태평천국이 완전히 진압되지 않은 것에 불안을 느꼈던 거로군요."

"그렇습니다. 그 일로 토지 개정 협상이 진행되었고 보시다시피 조계가 대폭 확장되었습니다. 그때부터 화양 분리 정책이 철폐되고 화양잡거(華洋雜居)가 공식적으로 시작되었고요."

"그런데 허가받지 않은 사람은 조계 출입이 금지되어 있다면서요."

양용이 고개를 저었다.

"당시 사정이 좋지 않았습니다. 시국이 어수선하다 보니 조계로 들어가려는 사람들이 너무 많아졌습니다. 이를 견디다 못한 공공조계 공부국이 출입을 금지시켰고요. 그러면서 저런 팻말도 내걸리게 된 것이지요."

전방에는 꽤 큰 팻말이 세워져 있었다.

與狗華人不得入來

송도영이 혀를 찼다.

"쯧, 중국인과 개는 출입금지라는 의미네요."

너무도 유명한 팻말이었기에 대진도 익히 알고 있었다. 그런데도 직접 그 팻말을 목격하니 오물을 뒤집어쓴 기분이었다.

"아무리 그래도 그렇지, 여기는 청국입니다. 청국 땅에서 어떻게 저런 팻말을 버젓이 세워 놓을 수 있다는 말입니까?"

양용이 씁쓸해했다.

"부끄러운 일이지요. 오죽했으면 저런 팻말을 내걸렸겠습니까? 저런 팻말을 보면 보통은 자존심이 상해서 근처에도 오지 않으려 하겠지요. 그러나 안타깝게도 들어가려는 사람이 차고 넘칩니다."

송도영은 주변을 둘러봤다. 조계지 주변 도로에는 쿨리들이 끝없이 앉아 있거나 서 있었다.

"먹고살기가 그만큼 어렵다는 말이지요."

양용이 인정했다.

"그렇습니다. 우리 청국에는 인구가 너무 많습니다. 안타깝게도 향촌에 먹고살 거리가 없는 것도 문제고요."

산업이 발전하면 필연적으로 농민 문제가 대두된다. 그래서 많은 나라들은 국가 역점 사업으로 추진하며 문제를 처리해 불평등을 해소하려 노력한다.

그러나 청국의 사정은 달랐다.

청국은 전쟁에 패하면서 강제로 개항했다. 여기에 국가 기강의 근간도 무너진 상황이어서 소작농과 빈민에 대한 정책도 따로 없었다.

그 바람에 농촌 노동력은 먹고살기 위해서라도 도시로 이동할 수밖에 없었다. 그러나 도시도 한계가 있어서 웬만한 도시에서는 저임금 노동력이 넘쳐 나는 현상이 발생해 버렸다.

일행이 조계지 입구에 도착했다.

입구에는 공부국 경찰 몇 명이 차단기를 내리고 있었다. 공부국 경찰의 복장은 전형적인 영국식이란 것을 한눈에 알아볼 수 없었다.

"정지!"

양용이 알은척을 했다.

"리처드, 나 상해해관의 양용일세."

리처드도 환하게 웃었다.

"오! 해관의 양 대인이군요. 오늘은 어쩐 일로 공공조계를 방문하신 겁니까?"

"독일과 네덜란드 무역상사에 볼일이 있네."

"그렇군요. 그런데 같이 온 사람은 누구입니까? 동양인으로 보이는데 연미복을 입고 있네요."

"이분은 일본에서 오신 상인으로 거래를 위해서 공공조계를 방문했다네."

리처드 경관이 대진을 보며 확인했다.

"체류 허가증이 있습니까?"

대진이 두 사람의 허가증을 제출했다. 내용을 확인한 리처드 경관이 허가증을 돌려주었다.

"정식 허가증이 맞네요. 체류 기간이 보름이니 그동안은 언제라도 방문해도 됩니다."

"감사합니다."

"차단기를 올려라!"

차단기가 올라가자 리처드가 물러섰다.

"들어가시지요."

양용이 웃으며 주머니 하나를 건넸다.

"하하! 고맙네. 많지는 않지만 직원들과 맛있는 음식이라도 드시게."

리처드도 사양하지 않았다.

"늘 신경을 써 주셔서 고맙습니다."

이런 모습이 너무도 자연스러웠다. 막사를 지나치고 나서 송도영이 대진에게 슬쩍 말을 건넸다.

"영국 경관이 너무도 자연스럽게 뇌물을 받아 챙기고 있네요. 영국인들은 법과 원칙을 중시한다고 알고 있었는데 그게 아니네요."

대진이 상황을 짐작했다.

"사략선도 허용되는 시대야. 더구나 여기는 뇌물이 아니면 일이 안 되는 청국이잖아."

"그렇기는 합니다."

조계 내부는 그런대로 깨끗했다.

그런 도심을 가로지르던 양용이 한 건물 앞에 멈췄다. 건물 앞에는 검은 줄무늬가 특색인 삼색의 깃발이 휘날리고 있었다.

"이곳이 독일영사관입니다."

"독일 상인을 영사관에서 만난다고요?"

"상대측에서 이곳에서 만나자고 했습니다. 어떻게, 불편하면 장소를 옮기자고 할까요?"

대진이 고개를 저었다.

"괜찮습니다. 처음에 알았다면 장소를 변경했겠지만 이미 이곳까지 왔으니 그대로 진행하지요."

"알겠습니다."

일행이 말에서 내렸다.

영사관을 경비하는 청색 제복의 경비병이 다가왔다. 경비병은 상부에 꼬챙이가 달린 가죽으로 만든 피켈하우베 (Pickelhaube)를 쓰고 있었다.

독일영사관은 공공조계에 들어서 있다. 그래서인지 경비병이 독일식 억양으로 가득한 영어로 질문했다.

"무슨 일로 방문하셨습니까?"

양용의 옆에 있던 역관이 대답했다.

"상인인 하인츠 뮐러 씨와 약속이 되어 있습니다. 여기 계신 분은 상해해관의 양용 대인이고요."

독일 경비병이 바로 알아들었다.

"그렇지 않아도 기다리고 계십니다."

독일 경비병이 정중하게 문을 열었다.

대진 일행이 안으로 들어가니 연미복을 입은 사내가 기다리고 있었다. 그는 양용을 향해 환하게 웃으며 청국말로 인사했다.

"어서 오십시오, 양 대인."

"환대해 주셔서 감사합니다."

능숙하게 악수를 나눈 양용이 소개했다.

"일본에서 온 상인들입니다."

독일 상인이 손을 내밀었다.

"어서 오십시오. 하인츠 뮐러입니다."

대진이 영어로 인사했다.

"처음 뵙겠습니다. 일본에서 온 데이비드 리라고 합니다."

뮐러가 감탄하며 대진의 손을 잡았다.

"놀랍군요. 영어가 이토록 능숙한 동양인은 처음입니다. 더구나 서양식 이름을 쓰고 있네요?"

"서양과의 거래를 위해 서양 이름을 지었습니다."

"대단하군요."

대진이 송도영을 소개했다.

"처음 뵙겠습니다. 리처드 송이라고 합니다."

"오! 이분도 영어가 능숙하군요."

"감사합니다."

"가시지요. 영사님께서 기다리고 계십니다."

양용이 먼저 나섰다.

"저는 그만 일이 있어 돌아가야 합니다. 역관을 두고 갈 터이니 필요한 일이 있으면 이 사람에게 시키세요."

대진이 고마워했다.

"배려에 감사드립니다."

양용이 인사하고는 돌아갔다. 대진은 청국 역관을 로비에 대기시키고는 영사 집무실을 찾았다.

"어서 오십시오. 독일 제국의 상해 주재 영사인 프란츠 뒤스만입니다."

프란츠 뒤스만이 손을 내밀었다. 대진이 송도영과 자신을 소개하고는 그의 손을 마주 잡았다.

"놀랍군요. 상해에서 오래 근무했지만 이처럼 연미복이 잘 어울리는 동양인은 처음 봅니다. 영어도 이렇게 능숙하고 몸집도 우리와 비슷한 분은 더더욱이요."

"과찬이십니다. 영사님께서 좋게 봐주셔서 그렇지요."

"하하하! 어쨌든 앉으시지요."

네 사람이 자리에 앉았다.

하인츠 뮐러가 먼저 입을 열었다.

"우리 독일과 거래를 하고 싶다고요?"

"그렇습니다. 우리는 서양의 앞선 공업 기술을 도입하고 싶습니다. 그래서 귀국의 도움을 받았으면 해서 상해해관의 양용 대인께 주선을 부탁드린 것입니다."

"공업 기술이라면 포괄적인데 구체적으로 무엇이 필요합니까?"

"우선은 귀국의 지멘스(Siemens)사의 평로법을 도입하고 싶습니다. 아울러 제철 기술 일체와 내화벽돌까지 구입해 주셨으면 합니다."

하인츠 뮐러가 깜짝 놀랐다.

"아니! 지멘스가 개발한 평로법에 대해서 알고 있습니까?"

"양질의 제강을 생산하는 데 필요한 기술로 알고 있습니다. 아울러 평면 유리의 대량생산에도 적용되는 기술이고요."

뮐러가 거듭 놀랐다.

"참으로 대단하군요. 평로법을 거론하는 것도 대단한데 그 쓰임새까지 정확히 알고 있다니요."

프란츠 뒤스만 영사가 나섰다.

"귀국은 산업 기반이 전혀 조성되어 있지 않은 것으로 알고 있습니다. 그런데도 제철 기술부터 도입하겠다는 건 너무 앞선 거 아닌가요? 우리 경험에 따르면 철도부설이나 항만, 도로와 같은 기간시설이 더 중요한 것 같은데요."

"영사님의 말씀이 맞습니다. 그러나 그런 기간시설을 확충하면서 산업을 발전시키려면 시간이 많이 필요합니다. 그리고 그런 기간시설은 민간이 할 수 있는 것도 아니고요. 저는 제가 제철 기술이 필요할 뿐이고 도입되는 시기에 맞춰 주변 시설 공사를 진행하려고 합니다."

프란츠 뒤스만 영사가 고개를 갸웃했다.

"무엇 때문에 그렇게 일을 서두르는 건가요? 그대의 말대로 한다면 투자 금액이 한꺼번에 대량으로 들어가야 하는데 감당할 수 있습니까?"

대진의 대답은 거침없었다.

"그 정도는 감당할 수 있습니다. 그보다는 제가 말씀드린 제철 기술의 도입이 가능한지가 궁금합니다."

하인츠 뮐러가 고개를 저었다.

"지금 즉답할 사안이 아니네요. 무엇보다 기술을 보유하고 있는 지멘스의 의지가 중요하니까요."

"기술이전의 대가는 지급할 용의가 되어 있습니다. 아울러 하인츠 뮐러 님과 영사님께도 충분히 사례하겠습니다."

충분히 사례하겠다는 말에 하인츠 뮐러의 눈이 빛났다. 그러나 그는 이내 입맛을 다시며 몸을 뒤로 뺐다.

"공적을 인정해 주겠다니 고마운 말씀입니다. 그런데 열심히 노력했음에도 성과가 없다면 공연히 힘만 쓰는 꼴이 되지 않겠습니까? 우리 같은 상인에게는 시간이 금이란 사실을 그대도 잘 아시지 않습니까?"

대진이 제안했다.

"당연히 잘 알고 있습니다. 대표께서 지멘스와의 교섭에 나설 자신이 있다면 용역 계약을 체결하시지요. 그러면 필요한 경비는 전적으로 우리가 부담하겠습니다."

"그래요?"

"무엇보다 중요한 사실은 우리가 바라는 제철소는 대규모가 아니라는 점입니다. 그저 기본적인 제강을 생산할 수 있는 정도의 규모면 됩니다."

프란츠 뒤스만 영사가 나섰다.

"소규모여도 된다는 말입니까?"

"그렇습니다. 지멘스에는 분명 평로와 놀고 있는 시설이 있을 겁니다. 우리는 그 정도면 만족하니 지멘스도 부담이 없을 겁니다."

"유휴 시설이면 그렇겠지요. 그런데 지멘스에 소규모 시설이 있다는 사실을 어떻게 아신 겁니까?"

"지멘스가 평로법을 개발한 지 10여 년 정도인 것으로 압니다. 처음 평로제강법을 개발했을 때 소규모 평로를 몇 개만들어서 실험했을 것이 분명합니다. 그렇게 제작된 평로를 지멘스는 해체하지 않고 보관하고 있을 것이고요."

"생각해 보니 그럴 가능성이 높겠군요. 그런데 그대의 정보 습득 능력이 대단하군요. 지멘스가 평로법을 개발한 지 10년이 안 되었다는 사실을 알고 있을 줄은 몰랐습니다."

대진이 고개를 숙였다.

"칭찬 감사드립니다. 주변에서 도움을 주는 분들이 많아서 그런 정보를 입수할 수 있었습니다."

대진이 알고 있는 정보는 당연히 이전 지식에서 비롯된 것
이었다. 그러나 그런 사실을 모르는 프란츠 뒤스만은 대진에
게 외국인 지인이 많은 것으로 오인했다.

"그렇군요. 좋은 사람을 많이 알고 있으면 사업하는 데 그
만큼 득이 되지요."

뮐러가 나섰다.

"다른 것들은 필요하지 않습니까?"

"당연히 필요한 게 많지요."

"그런데 왜? 제철 기술만 도입하려는 겁니까? 부국강병을
위해서는 총기도, 군함도 수입해야지요."

"그건 제가 알 바가 아닙니다. 제게 필요한 기술은 오로지
공업화의 기반을 위한 제철 기술뿐입니다."

그 말에 프란츠 뒤스만이 눈을 빛냈다.

"공업화의 기반만 필요하다고요?"

"그렇습니다. 사업하는 사람에게 그것 이외에 무엇이 더
필요하겠습니까?"

프란츠 뒤스만은 잠시 고심하다가 하인츠 뮐러를 바라봤
다. 그런데 하인츠 뮐러도 고개를 돌리면서 두 사람의 시선
이 딱 마주쳤다.

6장

　마주친 두 사람의 눈빛이 똑같이 탐욕에 이글거렸다. 프란 츠 뒤스만이 고개를 끄덕였다.

　"알겠습니다. 그대의 제안을 하인츠 뮐러 대표와 심각하 게 고민해 보겠습니다. 그런데 오후에 다른 상인과 만날 약 속이 되어 있다고요?"

　대진이 숨기지 않았다.

　"예, 네덜란드 상인과 약속이 되어 있습니다."

　"혹시 그들에게 무기 구입을 의뢰하려는 겁니까?"

　대진이 고개를 저었다.

　"아닙니다. 우리는 공업화의 기반만 필요할 뿐 군사 무기 는 필요 없습니다. 다만 마우저(Mauser) 소총 1정은 구입하고 싶습니다."

프란츠 뒤스만이 고개를 끄덕였다.

"그 정도는 우리가 제공할 수 있습니다."

"감사합니다. 우리는 며칠 동안 항구에 정박한 배에 머무를 겁니다. 그러니 협의하실 일이 있으면 언제라도 찾아 주십시오."

"그렇게 하겠습니다."

대진과 송도영이 인사하고 일어섰다. 그리고 로비로 나와 청국 역관을 데리고 영사관을 나왔다.

대진이 역관에게 질문했다.

"점심때가 되었는데 식사하고 움직입시다. 가격은 신경 쓰지 마시고 좋은 식당이 있으면 안내해 주시오?"

"저를 따라오시지요."

역관은 조금 떨어진 식당으로 안내했다.

"공공조계 내에서 가장 깨끗하고 음식 맛이 좋은 식당입니다."

"들어갑시다."

역관의 설명대로 식당은 깨끗했다.

조계여서인지 청나라 식당임에도 외국인들이 의외로 많았다. 더구나 나온 음식도 서양 음식과 합쳐진 퓨전이 많아 먹기에도 좋았다.

식사를 마치고 잠시 휴식을 취했다.

그러고는 약속 시간에 맞춰 네덜란드 상인을 방문했다. 독일과 달리 이번에는 상인이 운영하는 무역회사를 방문했다.

일행이 들어서자 청국인 직원이 자리에서 일어났다. 그는 대진 일행의 연미복을 보고는 더듬거리는 영어로 인사했다.

"어떻게 찾아오셨습니까?"

청국 역관이 나섰다.

"우리는 상해해관의 양용 대인의 소개를 받고 찾아온 사람들입니다."

"잘 오셨습니다. 그렇지 않아도 얀센상사의 대표님께서 기다리고 계십니다."

청국인 직원이 일행을 안내했다. 그는 뒤편에 있는 방문을 두드리고는 안으로 들어갔다가 나왔다.

"들어가시지요."

"고맙소."

대진은 이전처럼 역관을 기다리게 하고는 안으로 들어갔다. 방 안에는 의외로 작은 체구의 사내가 기다리고 있었다.

"어서 오십시오. 얀센상사의 대표인 바우트 얀센이라고 합니다."

대진과 송도영도 자신을 소개했다. 서로 인사를 나눈 세 사람은 소파에 앉았다.

바우트 얀센이 먼저 입을 열었다.

"저에게 의뢰하실 일이 있다고요?"

"그렇습니다. 대표께서는 무슨 물건을 취급하십니까?"

"주로 청국의 차와 도자기를 구입해서 유럽으로 보냅니다. 유럽에서는 청국이 필요로 하는 물건을 수입 대행하고 있고요."

"청국이 필요로 하는 물건이라면?"

"음! 여러 가지 많습니다. 얼마 전에는 북양대신을 대리해 천진기지국 설립에 필요한 기자재를 수입해 주기도 했지요."

대진이 놀라 확인했다.

"북양대신이라면 이홍장 대인을 말씀하시는 겁니까?"

"그렇습니다. 청국은 두 번의 전쟁에서 패한 이후 중체서용(中體西用)을 기치로 내걸고서 서양의 앞선 문물 수입에 열을 올리고 있지요. 그래서 저도 몇 번 청국에 도움을 주었습니다."

"공작기계 등도 수입해 주었다는 말이군요."

"물론입니다. 기계를 다루는 기술자도 필요하면 연결해 주었고요. 그대들이 원한다면 같은 기자재를 수입해 줄 수도 있습니다."

대진이 바로 말을 받았다.

"우리는 서양의 공작기계가 필요합니다."

"군사 무기 제작에 필요한 겁니까?"

"아닙니다. 무기 제작이 아닌 일반 공산품 제작에 필요한 공작기계를 원합니다."

얀센의 눈이 커졌다.

"무기를 제작하지 않는다고요?"

"그렇습니다. 아! 물론 공작기계는 군사 무기 제작용으로 전용이 가능하겠지요. 그러나 우리가 필요한 것은 산업에 필요한 부품 제작에 필요한 공작기계를 원합니다. 가능하겠습니까?"

얀센이 어깨를 으쓱했다.

"뭐, 서로의 이해관계만 맞으면 못 할 것도 없지요. 더구나 군사 무기용이 아니어서 별다른 제재도 없을 것이고요."

"그렇다면 우리의 주문을 처리해 줄 수 있다는 말이군요."

"방금 말씀드렸지만 이해관계가 우선 맞아야겠지요."

대진이 말을 받았다.

"결제가 어떻게 되느냐에 따라 달라진다는 말씀이군요."

"오! 바로 알아들으시다니 놀랍습니다. 맞습니다. 동양인들은 거래를 하는 데 너무 격식을 많이 따지더군요. 실제는 정확한 금전 결제가 가장 중요한데 말입니다."

"상인의 기본은 신용이란 것은 어디나 마찬가지 아닌가요?"

"그건 그렇습니다."

대진이 준비한 서류를 건넸다.

"우리가 필요한 품목입니다."

얀센은 처음에는 대수롭지 않은 표정으로 서류를 건네받았다. 그러나 서류를 보자마자 거기에 집중했다.

곧 그가 한숨을 내쉬었다.

"후! 주문 물량이 이렇게 다양하고 많을 줄 몰랐습니다. 더구나 전선(電線)까지 있을 줄 몰랐네요. 그런데 주문서 작성이 이 정도라는 사실은 공업 기술에 대해 아주 잘 아는 사람이겠군요."

이번에는 대진이 어깨를 으쓱했다.

"아니라는 말은 못 하겠네요."

"그런데 물량이 너무 많습니다. 수출하겠다고 기계를 미리 만들어 놓지 않았을 거여서 기간도 상당히 걸릴 것이고요. 특히 나사를 깎는 공작기계는 별도의 주문이 필요합니다."

"당연히 잘 알고 있습니다. 그런 사정을 감안했기 때문에 직접 상해까지 오게 된 것입니다."

"그러면 몇 년에 걸쳐 나눠서 수입해도 된다는 말이군요."

"물론입니다. 그리고 동종의 기계라면 도량형의 통일을 위해서라도 한 회사의 제품을 구입해 주셔야 합니다."

얀센이 놀란 표정으로 고개를 저었다.

"대단하군요. 그렇게 디테일한 사정까지 꿰뚫고 계실 줄 몰랐습니다."

"공작기계만큼은 일관된 제품이 반드시 필요합니다. 그래야 기술 자양성은 물론 제대로 된 관리를 할 수 있으니까요. 그렇기 때문에 최고의 제품을 선정하려는 것이고요."

얀센이 크게 웃었다.

"하하! 제가 더 말씀드릴 게 없네요. 맞습니다. 그게 공작기계의 가장 기본입니다."

그러더니 얀센의 목소리가 은근히 낮아졌다.

"제가 재미있는 일화를 말씀드려 볼까요?"

"예, 좋습니다."

"청국은 지난 10여 년 동안 막대한 자금을 투입해 각종 기계를 들여왔지요. 그러나 청국에는 기계를 아는 사람이 한 명도 없었습니다. 그래서 유럽 상인들이 좋다고 하는 기계를 검증도 하지 않고 무차별 수입을 했답니다. 그 바람에 여러 나라에서 기계를 들여온 거고요. 물론 그렇게 도입한 기계들이 나쁘지는 않습니다. 그러나 청국은 결정적인 문제를 간과했지요."

송도영이 모처럼 나섰다.

"호환이 되지 않았군요."

"그렇습니다. 영국과 프랑스, 독일 등은 도량형이 다릅니다. 그리고 동일한 기계라고 해도 나라마다 사용 방법이 다르고요. 이런 사정을 간과한 바람에 같은 공장에 서로 다른 사양의 기계가 배치되면서 큰 곤욕을 치르고 있지요."

송도영이 고개를 갸웃했다.

"그게 무슨 문제입니까? 사양이 다르면 서로 교환 배치하면 되지 않습니까?"

얀센이 고개를 저었다.

"그게 안 되니 문제이지요."

"예? 그게 안 되다니요?"

"청국은 양무운동을 추진하면서 설립한 기지국이 많습니다. 그런데 강남과 강북, 그리고 기지국이 있는 지역의 지방관들은 정치적 이해관계가 다르면 협조를 전혀 않습니다. 특히 이홍장과 좌종당으로 대변되는 남과 북의 두 정치 세력은 유난히 더 그러하고요."

대진이 혀를 찼다.

"쯧쯧, 무슨 말씀인지 알겠습니다. 개인의 정치적 입지를 우선하는 바람에 나라를 갉아먹고 있다는 말이군요."

"예, 맞습니다. 더구나 생산관리가 너무 근시안적입니다. 그래서 유럽과 똑같은 기자재를 갖고 서양 기술자가 가르쳤음에도 생산품의 질은 훨씬 뒤떨어지고 있지요."

"말씀대로 기지국마다 규격도 다르고요."

"맞습니다. 강남과 강북이 가장 다르고 관리하는 지역마다 조금씩 다른 게 현실입니다."

"그대로 진행된다면 큰 문제가 되겠네요."

얀센이 고개를 저었다.

"안타까운 현실이지요. 그럼에도 좌종당(左宗棠)과 이홍장(李鴻章)은 서로 육방우선론과 해방우선론을 주장하며 누구도 물러서지 않고 있습니다. 그러면서 각자의 함대 창설을 추진하고 있지요."

대진의 머릿속이 번뜩했다.

'아! 지금이 청나라의 북양함대와 남양함대 등이 창설할 시기구나.'

"그렇군요. 그러면 함대 창설에 필요한 전함은 유럽에서 구입합니까?"

"그것도 다릅니다. 이홍장이 설립할 북양대는 유럽에서 함정을 도입하려고 합니다. 그러나 좌종당의 복건함대와 남양대신 심보정(沈葆槙)은 복건에 선정국을 세워 자체적으로 만든 조선소에서 함정을 건조하려고 하지요."

"청국의 기술력으로 전함을 건조할 수 있습니까?"

얀센이 고개를 저었다.

"쉽지 않은 일입니다. 목선은 서양 기술자에 의존해 건조할 수 있겠지만 철갑선은 어렵습니다. 설령 건조한다고 해도 유럽 전함보다 소형일 수밖에 없고요."

"그래도 자체적으로 전함을 건조하겠다는 노력은 가상하네요."

"그렇기는 합니다."

대진이 대화를 돌렸다.

"주문한 물량이 많습니다. 그러니 분리해서 도입해야겠지요. 얀센 대표께서는 거기에 대한 계획을 수립해서 제출해 주셨으면 합니다."

"알겠습니다."

"그리고 청국과는 어떤 방식으로 거래하셨는지요?"

"청국과는 2, 4, 4의 형식으로 했습니다. 계약금 20%에 유럽에서 선적하면 40%, 잔금은 도착 후 40%로요."

"보험은 들었겠지요?"

얀센이 고개를 저었다.

"거듭 놀라게 하시네요. 동양인에게서 보험에 관한 말을 듣는 날이 올 줄은 몰랐습니다. 질문에 대한 대답은 예입니다. 우리도 거래 금액이 많아서 만일의 경우를 대비하지 않을 수 없습니다."

"다행입니다. 그러면 청국과 같은 방식으로 진행하실 겁니까?"

"예, 그게 서로에게 좋을 것 같습니다."

"알겠습니다."

"우선은 돌아가서 기다리시지요. 구체적인 가격과 인도 계획을 세우려면 시간이 필요합니다."

"얼마나 많이 필요합니까? 몇 달이 걸린다면 돌아갔다가 시간을 정해서 다시 오겠습니다."

"아닙니다. 요즘은 유럽까지 해저케이블이 연결되어 있어서 전문으로 교신합니다. 그래서 과거와 달리 며칠이면 정리가 가능합니다."

"다행이군요. 그러면 저는 항구에 정박해 놓은 배에서 기다리겠습니다."

"최대한 빨리 정리해서 찾아뵙겠습니다."

대진이 얀센과 악수를 나누고서 그의 사무실을 나왔다. 그러고는 양용의 역관과 함께 말을 타고 귀환했다.

배에 도착한 대진은 양용의 역관에게 무역 은화 10개를 선물했다. 생각지도 않은 선물에 역관은 크게 감격했다.

"감사합니다. 소인의 도움이 필요하면 언제라도 말씀만 해 주십시오."

"그럽시다. 지금은 아니지만 나중에 기회가 되면 부탁하리다."

청국 역관이 몇 번이나 감사의 인사를 하고서 배를 내려갔다. 그가 내려가는 뒷모습을 바라보던 송도영이 입을 열었다.

"우리가 독일과 네덜란드 상인을 만난 사실이 곧 소문이 나겠지요?"

"당연히 그렇겠지. 그러라고 일부러 조계지를 횡단까지 했는데. 더구나 네덜란드에 주문한 물량이 상당해서 혼자서는 쉽게 맞추기 힘들 거야. 아마도 오늘이 가기 전에 공공조계에서 사업한다는 자들은 다 알게 될 거야."

"우리가 공업 회사 설립에 필요한 물자를 조달하려 한다는 사실도 알려지겠고요."

"그렇겠지."

"그러면서 우리가 무력도 갖추지 않고 회사를 설립하려 한다는 소문도 돌 것이고요."

대진이 다시 고개를 끄덕였다.

"지금의 유럽이나 미국에서는 민간 회사라고 해도 기본적인 무장을 갖춰야 해. 그러지 않으면 언제 누구에게 회사가 털릴지 모르는 세상이니 말이야. 그런데 우리는 공업 시설만 필요하다고 했으니 얼마나 귀가 번쩍 뜨이겠어."

"맞습니다. 그런데 일본에다 우리 신분을 조회하려는 자들은 없겠지요?"

"아니야. 할 수도 있을 거야. 그러나 그런다고 해서 달라질 것은 없어."

"하긴, 우리가 일본 정부를 대표하겠다고 나선 것은 아니었으니까요."

"그렇지. 나는 개인적으로 작은 제철소와 공업 회사를 설립한다고 했잖아. 더구나 군사 무기는 논의에서 아예 제외했고."

송도영이 크게 고개를 끄덕였다.

"맞습니다. 그들에게 과장님은 돈만 많은 초보 사업가로 보였을 겁니다. 유럽의 지식을 나름대로는 갖춘 얼뜨기 사업가로요."

대진이 크게 웃었다.

"하하! 맞아. 닳고 닳은 유럽의 사업가에게 나는 얼뜨기로 비쳤겠지. 유럽 지식은 나름대로 잘 알고 있지만 사업에 대해서는 문외한 같은 모습으로 말이야."

"예, 그런 과장님을 보면서 여러 생각들이 많을 겁니다."

대진이 싱긋이 웃었다.

"그래, 순전히 거래만 하려는 자들은 좋은 거래 상대라고 생각할 거야. 그것도 적당한 호구라고 말이야. 반면에 탐욕스러운 자들은 맛좋은 먹잇감으로 생각하겠지."

송도영이 맞장구쳤다.

"처음에는 잘 키워 주겠지요. 그러다 조금의 빈틈이라도 보이면 단번에 잡아먹어도 될 상대로 여길 것이고요."

"후후후! 그렇게만 된다면 금상첨화겠지."

"그러다 우리가 조선에다 공장을 설립한다는 사실이 알려지면 벌떼같이 달려들 겁니다. 그곳이 개미지옥이자 끈끈이주걱인지도 모르고 말입니다."

"하하하! 맞아. 유럽인들에게 동양은 그저 건드리기만 하면 깨지는 존재일 뿐이야. 아마도 대놓고 강탈하려고 덤벼들 가능성도 많아."

"기대가 됩니다. 어떤 놈들이 어떤 생각으로 덤벼들지 말입니다."

"기왕이면 군대까지 몰고 왔으면 해."

"한 방에 모조리 보내 버리려고요?"

대진이 고개를 저었다.

"무조건 그렇게 할 수는 없지. 나는 제주도 남부 바다를 동양의 버뮤다 삼각지대로 만들었으면 해. 대략 이전의 제7광구 일대면 좋겠지."

"아! 제7광구요."

"그래, 우리가 이곳에 오게 된 원인 중 하나가 제7광구였잖아."

"그렇지요. 일본 놈들이 제7광구를 독점하려고 공동개발을 하지 않는 바람에 울릉 유전을 개발하게 되었었지요."

"그래, 이 시대에서만큼은 그 바다를 일본이 욕심을 부리지 못하게 만들어야 하지 않겠어?"

"좋은 생각입니다. 7광구의 예상 석유 매장량이 무려 1,000억 배럴이라고 했습니다. 천연가스도 엄청나게 매장되어 있고요. 그런 바다를 우리가 오롯이 차지하게 된다면 그보다 좋은 일은 없겠지요. 하지만 그러려면 일본의 탐욕을 보다 확실하게 없애야 좋지 않겠습니까?"

"어떻게 말이야?"

"일본은 반드시 징계해야 하지 않겠습니까?"

대진의 표정이 굳어졌다.

"그래야겠지. 우리 마고부대 구성원의 만장일치 결의 사항이니만큼 반드시 일본을 굴복시켜 과거의 원한을 갚아야겠지."

"그렇습니다. 그때 일본에 그에 대한 사항을 확실하게 문서화해 받으면 되지 않겠습니까? 지금의 일본으로선 그 바다 밑에 무엇이 있는지 모르는 상황이니 아무 의심 없이 우리 영해로 인정해 줄 것이고요."

대진이 격하게 공감했다.

"좋은 생각이야."

송도영이 한발 더 나갔다.

"그러면서 저는 동중국해의 바다 이름도 바꿨으면 합니다. 한국남해나 조선남해로요."

"아! 맞아. 지금은 아직 바다 이름이 확정된 것이 아니니 충분히 가능한 일이야."

"그렇습니다. 그리고 청국의 동의하에 이름을 정한다면 더 의미가 있지 않겠습니까?"

대진이 크게 웃었다.

"하하하, 그렇겠지. 청국과 일본만 동의하면 국제해사기구에 정식으로 명칭 요청을 할 수 있지. 그렇다는 말은 조선이 동양 최강대국이 되었다는 것을 의미하는 것이지."

"그렇습니다."

대진이 가슴을 폈다.

"기대가 된다. 그 이후 조선이 어떻게 세계로 뻗어 나가게 될지 말이야."

"시간이 조금 걸리겠지만 세상의 주도권을 우리가 쥐게 되지 않겠습니까? 그러기 위해서는 서양과도 몇 번의 충돌을 각오해야 할 것이고요."

"그렇게 되겠지. 서양도 지금까지 구축해 놓은 기득권을 쉽사리 넘겨주려 하지 않겠지."

송도영도 바람을 밝혔다.

"저는 중동 개척이 가장 기대됩니다. 기회가 된다면 제가 직접 뛰어들어서 새로운 역사를 만들어 보고 싶습니다."

대진도 말을 받았다.

"나하고 생각이 비슷하네. 나도 조선의 미래를 위해서는 중동만큼은 작업을 해야 한다고 봐."

송도영이 제안했다.

"기회가 되면 함께 움직여 보시지 않겠습니까?"

대진이 즉석에서 동의했다.

"그렇게 해 보자. 미국과 유럽의 석유 회사가 발을 들여 놓기 전에 우리가 선점해야 해. 그러기 위해서는 조금이라도 빨리 들어가야겠지."

"영국이 발목을 잡겠지요?"

"그렇기는 하겠지. 그러나 아직 누구도 중동에 검은 황금이 있다는 걸 몰라. 그러니 그 점을 잘 활용하면 영국과도 타협할 수 있을 거야."

"동의합니다. 아직까지 아라비아반도 동부 지역에는 별다른 이권이 없습니다. 반면에 페르시아는 영국에 훨씬 군침이 도는 지역이지요."

"그렇지. 지금은 페르시아가 최고지. 그걸 양보한다면 영국도 아라비아 동부에 대한 이권을 포기하게 될 거야."

두 사람이 서로를 바라봤다.

그러고는 거의 동시에 더없이 환하게 미소를 지었다. 그런 두 사람의 미소에는 조금의 그림자도 비치지 않았다.

대진이 독일과 네덜란드 상인을 만난 사실은 곧바로 조계 전체로 소문이 났다. 상해에 일본 상인이 방문한 경우는 처음이어서 대번에 관심을 끌었다.

더구나 소문의 내용도 그러했다.

대진의 의도대로 돈은 많으나 세상물정을 모른다는 식으로 소문났다. 여기에 중개수수료도 상당하다는 소문이 덧붙여지기까지 했다.

각국 상인들의 관심이 폭증했다. 그러나 필요하면 자신들을 찾아올 것을 기대하며 누구도 상해 항구를 찾지 않았다.

대진도 이미 독일과 네덜란드 상인에게 거래를 의뢰해 놓은 상황이었다. 그래서 서양 상인들의 바람과 달리 다시 조계지를 찾지 않았다.

그렇게 며칠이 지났다. 대진이 선실에 머무르고 있을 때 송도영이 들어왔다.

"과장님, 잠시 나와 보셔야겠습니다."

"왜? 누가 왔어?"

"예, 영국 상인이 선주를 뵙고 싶다고 선착장에 와 있습니다."

대진이 고개를 갸웃했다.

"영국 상인이?"

"아마도 우리가 독일과 네덜란드 상인을 만났다는 것이 소문난 것 같습니다. 어떻게 할까요?"

"여기까지 찾아왔는데 만나 봐야지. 올라오라고 그래."

"알겠습니다."

잠시 후.

2명의 영국인이 청국 하인 몇을 대동하고 갑판으로 올라왔다. 영국인은 연미복을 입은 대진과 송도영의 모습을 보고 눈을 크게 떴다.

"놀랍습니다. 동양인이 연미복을 이렇게 제대로 차려입은 모습은 처음 봅니다. 더구나 체구가 저보다 큰 사람도 처음이고요."

대진이 으쓱했다.

"보시기에 나쁘지는 않습니까?"

영국인이 두 손을 벌리며 고개를 저었다.

"무슨 말씀을요. 나쁘다니요. 제가 본 어떤 영국 신사보다 멋있습니다."

"고마운 말씀이네요."

대진이 손을 내밀며 자신을 소개했다. 그 모습을 본 영국인도 자신을 소개하면 손을 마주 잡았다.

"처음 뵙겠습니다. 저는 상해에서 사업을 하는 잉글랜드 출신의 제임스 스티븐슨이라고 합니다. 그리고 여기 이 친구는 저의 동업자인 조지 스미스입니다."

조지 스미스가 손을 내밀었다.

"처음 뵙겠습니다. 조지 스미스입니다."

대진도 송도영을 소개하면서 각각 악수를 나누었다. 그러고는 두 사람을 갑판 선실로 안내했다.

네 사람이 자리에 앉자 홍차가 나왔다. 홍차는 회귀 전 시대에서 넘어온 티백을 우려낸 것이었다.

"드시지요. 우리가 마시는 홍차인데 두 분의 입맛에 맞으실지 모르겠습니다."

제임스 스티븐슨이 홍차에 각설탕을 1개 넣어서 저었다. 그러고는 조심스럽게 찻잔을 들어 한 모금 마시고서 감탄했다.

"오! 홍차 맛이 아주 훌륭합니다! 색도 일품이지만 향도 아주 깔끔한 것을 보니 고급 제품이 분명합니다."

"입맛에 맞다니 다행이군요."

홍차를 주제로 잠깐 한담이 오갔다. 그러던 제임스 스티븐슨이 먼저 본론으로 들어갔다.

"며칠 전 독일과 네덜란드 상인에게 교역을 의뢰했다고 들었습니다."

대진이 선선히 인정했다.

"그렇습니다."

제임스 스티븐슨이 양해를 구했다.

"미안한 말씀이지만 혹시 무슨 물건을 의뢰했는지 알 수 있겠습니까?"

"그러지요. 독일에는 지멘스가 개발한 평로법을 활용한 제철 기술 도입을 의뢰했습니다. 그리고 네덜란드 상인에게는 다양한 공작기계를 비롯한 각종 기자재 구입을 의뢰했지요."

조지 스미스가 크게 놀랐다.

"제철소를 민간에서 운영하려는 겁니까?"

그의 반응에 대진이 어이없는 표정을 지었다.

"민간이 운영하면 안 됩니까? 제가 알기로 유럽의 제철소는 대부분 민간이 운영하는 것으로 압니다만."

"그렇기는 합니다. 하지만 동양은 아직 산업화의 시작 단계여서 민간이 제철소를 운용한다는 건 생각지도 못했습니다."

"좋은 지적입니다. 대형 제철소는 그래야겠지요. 그러나 제가 의뢰한 제철 시설은 소형이어서 민간에서 운영하는 데 큰 문제가 없습니다."

"기왕이면 대형으로 건설하시지 않고요?"

대진이 고개를 저었다.

"아직 수요가 많은 상황이 아닙니다. 그리고 대형 시설을 의뢰하면 지멘스에서도 여러 가지 상황 판단을 하게 되지 않겠습니까? 독일 정부가 개입할 가능성도 많고요."

조지 스미스가 격하게 동조했다.

"맞습니다. 산업의 근간인 제철소를 정부의 승인 없이 판매할 수는 없지요."

"예, 그래서 이런저런 사정을 고려해 소형으로 의뢰한 것입니다."

"그러시군요. 그런데 공작기계 등을 네덜란드 상인에게 의뢰하신 이유가 따로 있습니까?"

"네덜란드 상인들은 서양의 여타 나라 상인들과 달리 철저하게 거래만 중시합니다. 그래서 믿고 맡기게 된 것이지요."

조지 스미스가 알아서 짐작했다.

"네덜란드 상인들이 오래전부터 일본과 거래하고 있어서 믿음이 많이 쌓였나 보군요."

"그런 것도 감안이 되었습니다."

제임스 스티븐슨이 나섰다.

"우리 영국과 직거래할 생각은 없습니까? 아시겠지만 우리 영국은 유럽 최고의 공업 국가입니다. 철도부설을 비롯한 모든 공업 기술이 다른 나라보다 앞서 있고요."

대진이 슬쩍 말을 얹었다.

"터널 굴착과 철교 건설이 탁월하다는 말은 들었습니다."

"맞습니다. 두 기술 모두 우리 영국이 최초로 개발했지요."

"그러면 그 기술자들을 초빙할 수 있도록 도움을 주실 수 있겠습니까? 아니면 우리가 가서 기술을 배워 오는 것도 좋고요."

제임스 스티븐슨은 의아했다. 자신의 생각으로는 철도가 가장 중요한데 그에 대한 요구가 없었던 것이다.

"철도 관련 시설은 도입하지 않고 철교와 터널 기술자만 필요하단 말입니까?"

"예, 우선은 그렇습니다."

대진의 이런 제안에는 이유가 있었다.

마고부대가 보유한 회귀 전 시대의 지식은 다양하면서도 엄청났다. 제7기동함대의 인트라넷에는 군사 관련 지식이 대량으로 보관되어 있다.

한국석유공사는 유전과 지하자원에 관한 지식과 기술이, S중공업의 컴퓨터에는 선박 건조와 시추에 관한 지식이 보관되어 있다.

백미는 휴대폰이었다.

마고부대 구성원은 5,000명 가까이 된다. 그들의 취미는 다양해서, 보유하고 있는 휴대폰에는 수많은 자료들이 저장되어 있었다.

저장된 자료 중에는 전공과 관련된 서적과 자료가 많았다. 이런저런 잡다한 지식과 더불어 음원 등이 엄청나게 보관되어 있었다.

그때는 그저 취미활동에 필요한 지식이었을지 몰라도 지금은 너무도 소중한 자료들이었다. 이런 자료들이 모이면서 마군이 미래 계획을 풍성하게 세우는 데 결정적 도움이 되고 있었다.

대진이 생각했다.

'우리에게 지식은 많으나 경험이나 실전이 부족하다. 더구나 공업 기술은 더 그렇고. 그래서 소형 제철소로 기술을 습득하고서 대형 제철소 건설에 도전할 계획이다. 그렇게 하려면 부족한 경험은 해외연수로 채우면 된다. 이는 철도도 마찬가지다.'

제임스 스티븐슨이 질문했다.

"방금 '지금은'이라고 했습니다. 그 말은 나중에는 철도 관련 기술도 도입을 한다는 의미인가요?"

대진이 고개를 저었다.

"아닙니다. 철도는 국가기간사업이어서 나라에서 추진하지 않겠습니까? 우리는 그런 정부를 상대로 일감을 받아야 할 것이고요."

제임스 스티븐슨이 또 넘겨짚었다.

"토목회사를 설립하려나 보군요."

대진은 그의 추정을 부정할 필요가 없었다.

"그렇습니다."

"그렇군요. 혹시 그런 과정에서 우리와 거래할 만한 품목은 없나요?"

"음! 그렇다면 스티븐슨대표께서는 구리와 주석을 구입할 수 있겠습니까?"

"당연히 가능합니다. 그런데 물량은 얼마나 필요하신가요?"

"처음에는 물량이 적습니다. 그러나 시작이 되면 지속적으로 매입을 할 거여서 거래 물량은 기대하셔도 좋을 겁니다."

제임스 스티븐슨이 크게 웃었다.

"하하! 그러면 우리도 거기에 맞춰 준비를 해야겠네요. 구리와 주석은 원료 상태로 넘겨드리면 되겠지요?"

"우리도 그게 좋습니다. 그런데 두 자원은 어디서 가져옵니까?"

"주석은 동남아에서 구리는 칠레입니다."

"좋습니다. 그러면……"

대진이 잠시 생각을 하고는 주문 물량을 알려 주었다. 제임스 스티븐슨이 반색했다.

"생각보다 물량이 많네요. 저는 처음에는 적게 주문한다고 해서 얼마 안 될 줄 알았습니다."

"그래도 공업 발전에 사용을 할 물량인데 최소한은 주문해야지요."

"맞는 말씀입니다."

대진과 물품을 양곡과 같이 저우산군도의 무인도에서 양도받기를 원했다. 제임스 스티븐슨은 고개를 갸웃했으나 어려운 일이 아니었기에 즉석에서 승낙했다.

이어서 한동안 결제 방식 등의 세부 사항을 논의했다. 논의 말미에 제임스 스티븐슨이 제안했다.

"우리 영국의 공작기계는 유럽최고입니다. 그 공작기계도 구입하지 않겠습니까?"

대진이 난색을 표했다.

"네덜란드 상인에게 먼저 거래를 제안했다는 말씀을 드렸는데요."

"물론 잘 알고 있습니다. 그런데 네덜란드 상인이 구입할 수 있는 최고의 공작기계는 영국제품일 것입니다."

"독일제품도 품질이 우수하다고 들었습니다만."

제임스 스티븐슨이 고개를 저었다.

"독일제품이 상당히 발전하고 있기는 합니다. 그러나 아직까지 우리 영국제품을 따라 올 정도는 아닙니다. 그대와 오래 거래를 하려면 네덜란드 상인은 반드시 우리 영국제품을 구매해야 할 겁니다."

"으음!"

조지 스미스가 나섰다.

"이렇게 하면 어떻겠습니까?"

"말씀해 보시지요."

"우리가 네덜란드 상인과 교섭해 보겠습니다. 그래서 우리와 합작을 하겠다고 하면 함께 일을 하고 아니라면 우리도 깨끗이 포기하겠습니다."

제임스 스티븐슨도 거들었다.

"그리고 필요한 물량은 책임지고 구매해 드리겠습니다. 그것도 최선의 가격으로요."

송도영이 적시에 나섰다.

"그렇게 하시지요. 앞으로 우리는 영국과 긴밀한 관계를 가져가야 합니다. 그런 나중을 위해서라도 두 분과는 좋은 관계를 유지했으면 합니다."

제임스 스티븐슨이 약속했다.

"이번에 인연을 맺게 되면 절대 실망시키는 일은 없을 겁니다. 한 번 믿어 보시지요."

대진이 승낙했다.

"좋습니다. 얀센 씨와의 관계는 두 분이 알아서 정리해 보세요. 그러나 절대 강압적이어서는 안 됩니다."

"그 부분은 조금도 걱정 마십시오."

두 사람은 기분 좋게 돌아갔다. 그리고 며칠이 지나 두 사람은 얀센과 함께 다시 찾았다.

대진은 바로 알 수 있었다.

"대화가 잘되었나 봅니다."

얀센이 사정을 설명했다.

"그렇지 않아도 영국 기계를 구입할 계획을 갖고 예산을 짜고 있었습니다. 그러던 차에 제임스 스티븐슨 대표께서 찾아왔고요."

제임스 스티븐슨이 말을 이었다.

"다행히 얀센 대표께서 우리 제안을 받아 주셨습니다. 그래서 이번 일은 양측이 합작하기로 합의를 봤습니다."

얀센이 서류를 내밀었다.

"구매 목록 단가표입니다. 제임스 스티븐슨 대표의 도움으로 가격을 최대한 잘 맞췄습니다. 확인해 보시지요."

대진이 서류를 찬찬히 훑었다. 얀센이 건네준 서류는 한눈에 봐도 정성이 들어가 있었다.

대진이 서류를 덮었다.

"이번에 첫 거래여서 솔직히 우리는 적절한 가격을 알지는 못합니다. 그러나 이 서류를 보니 얀센 대표의 정성이 한눈에 들어오는군요."

얀센이 자신했다.

"저는 대표님과 오래 만나고 싶습니다. 그래서 제 양심을 걸고 최대한 적절하게 가격을 책정했습니다. 그리고 공작기계는 여기 계신 스티븐슨 대표의 도움으로 처음 예상보다 가격을 상당히 낮출 수 있었고요."

제임스 스티븐슨도 나섰다.

"저도 얀센 대표처럼 오래도록 좋은 인연을 맺고 싶습니다. 그런 기대로 작성한 서류여서 최대한 공정하게 작성되었다고 자신합니다."

대진이 승인했다.

"좋습니다. 두 분의 말씀을 믿고 계약을 체결하겠습니다."

"감사합니다."

대진은 얀센이 가져온 계약서를 한 번 더 정독하고는 날인했다. 이어서 스티븐슨과는 구리와 주석 매입 계약을 별도로 체결했다.

계약이 체결되자 대진은 그 자리에서 계약금 20%를 지급했다. 얀센과 스티븐슨도 약속대로 로이드보험회사를 불러 보험계약을 체결했다.

그리고 이틀 후.

독일 상인 하인츠 뮐러가 아예 로이드보험회사 직원과 함께 방문했다. 다행히 지멘스에서 대진이 제안한 평로와 제철 기술 매각에 동의했다고 한다.

뮐러는 설명과 함께 독일영사가 날인한 수출 면장을 제시했다. 수출 면장의 뒤에는 지멘스와 협의해서 책정한 목록과 단가표가 부착되어 있었다.

"가격이 상당하군요."

"아무래도 신기술이다 보니 지멘스가 요구하는 금액이 높았습니다. 그래도 최선을 다해 가격을 협상한 결과가 그 정도입니다."

대진이 잠깐 생각했다.

'가격이 높다고 해도 지금 상황에서는 어쩔 수 없지. 그래도 미국 상선을 털어 낸 자금만으로도 충당이 가능해서 다행이다.'

대진이 생각하느라 잠시 말을 못 했다. 그 모습이 뮐러에게는 고심하는 것으로 비쳤다.

"지멘스에서 제철 기술자도 함께 보내 준다고 했습니다.

그리고 단가가 부담되면 한 번 더 협상해 보겠습니다."

대진이 막았다.

"아닙니다. 기술을 도입하는 우리가 너무 야박하면 제대로 배울 수가 없습니다. 그러니 단가는 그대로 하고 그 대신 기술자를 몇 명 더 파견해 달라고 요청해 주십시오."

"그 부분은 책임지고 성사시켜 보겠습니다."

"부탁드립니다. 그리고 지멘스가 생산한 최고 재질의 강재를 구입하고 싶은데 가능하겠지요?"

"당연히 가능합니다. 강제는 얼마든지 구입이 가능하지만 양해해 주실 일이 하나 있습니다."

"무슨 문제가 있습니까?"

"지멘스가 보유한 평로와 제철 관련 기자재의 양이 엄청납니다. 그것들을 해체하고 선적하는 데 상당한 시간이 필요합니다. 그래서 여기까지 도착하려면 1년 정도의 시간이 필요하다고 합니다."

대진이 바로 정리했다.

"그 부분은 서두르지 않아도 됩니다. 우리도 기반 조성 등 준비해야 할 일이 많으니만큼 1874년 하반기까지만 들여오면 됩니다."

그러자 하인츠 뮐러가 반색했다.

"감사합니다. 그때까지는 차질 없이 준비하겠습니다."

계약은 일사천리로 진행되었다.

계약과 동시에 계약금이 지급되었다.

뮐러는 계약 체결과 함께 마우저소총 3정을 선물로 주었다. 그러고는 그 자리에서 로이드보험사와 계약을 체결해서는 서류를 넘겨주었다.

제철 기술 도입계약은 계약금만 해도 상당히 많았다. 그 바람에 하인츠 뮐러는 조계로 돌아갔다가 경비병과 함께 마차를 몰고 왔다.

송도영이 하인츠 뮐러가 멀어지는 모습을 바라보다가 한마디 했다.

"해적질도 필요하네요. 만일 우리가 미국 상선을 사략하지 않았다면 조선에 들어갈 때까지 손을 놓고 있을 뻔했습니다."

대진도 동의했다.

"정확한 지적이야. 지금의 1년은 앞으로의 10년보다 더 중요해. 사략 작전을 하지 않았다면 그런 황금보다 귀중한 시간을 흘려보낼 뻔했어."

"그러게 말입니다. 그런데 이번에 시행하는 사략 작전은 2개 팀이 나선다고요?"

"그래, 지난번에 팀을 이뤘던 지리산과 잠함 신채호가 이번에는 코친차이나로 내려갔어. 그 대신 홍콩 앞바다는 잠함 안무와 북한산이 맡기로 했어. 이 두 팀을 권율함이 원해에서 지원해 주게 되어 있어."

제7기동전단에 소속된 세종대왕급 함정 3척 중에서 유일하게 넘어온 권율함은 본래 세종대왕과 동급 3번함에 명명될 예정이었다. 그러나 3번함이 서애 류성룡함이 되는 바람에 밀렸었다.

그 후 세종대왕급 이지스 구축함이 추가 건조되면서 4번함이 되었다.

"이 시대 최강의 조합이네요."

대진도 동의했다.

"맞아. 그 정도면 누구도 감히 비켜 갈 수 없는 최강의 함대이지."

"누가 걸릴지 궁금하네요. 특히 베트남 방면이 그렇습니다. 기록을 찾아보니 지금의 인도차이나반도는 벌써 프랑스의 침략을 받아 코친차이나가 식민지가 되어 있었습니다."

"지금의 프랑스가 인도차이나를 강점해 들어가는 본격적인 시기이지."

"이번에도 큰 성과가 있었으며 좋겠습니다. 지난번처럼만 성과가 좋으면 조선의 개혁에도 큰 도움이 되지 않겠습니까?"

대진이 웃었다.

"하하! 쉽지 않을 거야. 지난번에는 워낙 성과가 좋았잖아."

"그렇기는 합니다."

거래 소문은 순식간에 퍼져 나갔다.

독일에 이어 영국, 네덜란드 상인과 연이어 계약을 체결했다. 거기에 거래금액도 상당하다는 것이 알려지면서 모두의 관심이 항구로 쏠렸다.

한동안 여러 상인들이 방문했다. 대진은 이들을 환대는 했으나 거래는 하지 않고 다음을 기약했다.

며칠 후.

오인원의 연락을 받고는 상해를 떠났다.

프랑스의 베트남 공략은 응우옌 왕조 건국 초기부터 시작되었다. 광남(廣南)의 후예인 완복영(阮福映)이 서산조(西山朝)를 무너트리고 새로운 왕조를 개창할 때 프랑스 선교사의 지원을 받았다.

그러나 베트남의 통상 거부로 한동안 공식 관계가 중단되었었다. 이 시기 베트남에서는 기독교가 급속히 전파되었다.

이에 불안을 느낀 베트남은 기독교 전파를 금지하면서 탄압을 시작한다. 그로 인해 프랑스와 유럽 선교사 수십 명, 베트남 성직자 300명과 20,000여 명의 교인이 처형된다.

이후 나폴레옹 3세는 동아시아에서의 세력 확장을 적극 지지했다. 그러던 중 영국과 연합해 제2아편전쟁을 일으켰으며, 서양 가톨릭신부가 살해된 이유를 내세워 베트남을 침공한다.

응우옌 왕조는 건국 초기, 상당한 군사력을 보유하고 있었다. 그러나 부정부패가 만연해지며 군사력은 형편없이 무너졌다. 그 결과 프랑스가 침공할 즈음 지방군은 거의 유명무실해져 있었다.

이런 사실을 알고 있던 프랑스는 병력을 보내 단숨에 다낭과 사이공을 점령했다. 이후 몇 차례 전투에서 연전연승하였고 1861년 대대적인 침략을 감행하면서 뜨득 황제의 항복을 받아 낸다.

침략 전쟁에서 승리한 프랑스는 인도차이나 남부를 할양받는다. 프랑스는 이 지역을 코친차이나라고 명명하고는 직접 통치를 시작했다.

코친차이나를 강탈한 프랑스의 탐욕은 여기서 멈추지 않았다. 프랑스는 허약해진 베트남 내정을 수시로 간섭하면서 더욱 수렁으로 몰아넣고 있었다.

프랑스 함정, '라 갈리소니에르(La Galissonnière)'는 붕타우 내해에 정박해 있었다. 붕타우는 코친차이나 수도인 사이공의 입구로 해안요새와 항만시설이 조성되어 있다.

1873년 초에 진수된 라 갈리소니에르는 첫 항해지로 베트남을 찾았다. 철갑선인 이 배의 배수량 4,645톤에 승조원이 450명이나 된다.

무장도 대단해 단장포가 24cm 4기, 17cm 2기, 4.7cm 6기가 장착되어 있다. 함장은 미셸 대령으로 제독으로 승진이 예정되어 있는 유능한 장교다.

이 함정에는 최고 사양의 증기기관도 장착되어 있었다. 덕분에 바람의 도움을 받지 않고도 최고 15노트의 속도를 낼 수 있었다.

그래서 지중해 방면의 툴롱해군기지에서 코친차이나까지 한 달도 걸리지 않았다. 그것도 인도의 퐁디셰리에서 석탄을 보충했는데도 그러했다.

라 갈리소니에르는 붕타우에서 한 달여 동안 체류 중이다. 라 갈리소니에르가 첫 항해지로 베트남을 찾은 까닭은 프랑스 해군의 위용을 세계에 알리기 위해서였다.

미셸 대령은 선수에서 흐뭇한 표정으로 함정을 둘러보고 있었다. 그런 대령의 옆으로 부함장 프랑수아 중령이 다가왔다.

"무엇을 그렇게 보십니까?"

"우리 배를 둘러보고 있는 거야."

프랑수아 중령이 웃었다.

"하하! 그렇게 기분이 좋으십니까?"

"당연하지. 이 시대에서 5,000여 톤에 달하는 선박을 만들 수 있는 나라는 몇 없어. 그중에서도 철갑선을 만들 수 있는 나라는 더 적어."

프랑수아 중령도 동조했다.

"지금으로선 영국 정도이지요. 미국이나 독일은 아직 시간이 더 필요할 것이고요."

"그렇지. 영국도 철갑선 건조만큼은 늘 우리에게 뒤져 있어. 증기 추진식 군함도 우리 프랑스가 최초였고, 제대로 된 철갑선 건조는 우리 프랑스가 단연 선두잖아."

"맞습니다. 최초의 증기 추진식 전열함인 나폴레옹도 그렇고 최초의 철갑선도 우리 프랑스의 라 글루와(Gloire)였습니다. 그런 기술력이 축적된 덕분에 우리 '라 갈리소니에르'도 건조할 수 있었던 것이고요."

미첼 대령이 만족한 미소를 지었다.

"중령의 말이 맞다. 이대로라면 우리 프랑스는 영국보다 강력한 함대를 보유할 수 있을 거다. 그것도 철갑선이 주력인 함대를 말이야."

프랑수아도 적극 동조했다.

"반드시 그렇게 될 것입니다. 저는 수에즈운하를 통과할 때 우리를 선망의 시선으로 바라보던 영국군을 보면서 그런 생각을 했습니다. 그리고 여기까지 항해하면서 우리만 보면 꼬리를 내리는 다른 나라 군함을 보면서 더 그러했고요."

"후후후! 이 정도면 타국 군함을 압도할 만하지."

두 사람은 배의 중간에 우뚝 솟아 있는 연돌(煙突)을 바라봤다. 이들이 타고 있는 군함의 연돌은 2개로 높고 커서 상징물이나 다름없었다.

프랑수아 중령이 아쉬워했다.

"연돌이 너무 커서 목표물이 될 수도 있어서 신경이 쓰입니다. 연돌의 규모를 작게 할 수 있는 방법은 없는 겁니까?"

"지금으로선 저게 최선이야. 석탄이 연소하게 되면 배기가스가 대량으로 발생한다. 그런 배기가스를 신속히 배출하기 위해서는 통풍 압력이 발생해야 한다잖아. 그러기 위해서는 연돌이 저처럼 크고 높아야 하고."

"그렇기는 합니다."

"상징물이라고 생각하면 돼. 저 연돌에서 시꺼먼 연기가 뿜어져 나오는 것 그 자체가 적함에게는 공포로 보이게끔 하세."

"좋은 말씀이십니다. 그런데 해양에서는 그게 오히려 표적이 되지 않겠습니까?"

미첼 대령이 크게 웃었다.

"하하하! 표적이 되면 어때? 이 시대에서 우리와 맞설 적함이 과연 얼마나 있겠어? 맞서는 것이 아니라 우리를 보면 전부 도망치지 않겠어?"

프랑수아 중령이 동조했다.

"그건 그렇습니다. 영국 전함도 1 : 1로는 우리와 맞서려 하지 않을 것입니다."

"그렇지. 그래서 영국이 우리보다 성능이 좋은 전함을 만들려고 혼신의 노력을 한다잖아."

프랑수아가 고개를 저었다.

"하여튼 지긋지긋한 놈들입니다. 우리가 신형 전함을 만들기만 하면 눈에 불을 켜고 그걸 넘으려고 하니 말입니다."

"세계 경영을 위해서는 바다를 제패해야 해. 그래서 영국도 수단 방법을 가리지 않고 뒤처지지 않으려 하는 거야. 우리도 마찬가지로 국력을 투입해서 해군력을 증강시키고 있는 것이고."

"맞는 말씀입니다."

미첼 대령의 시선이 옆으로 향했다.

붕타우의 선착장에는 프랑스 선적의 범선 2척이 정박해 있었다. 2척은 중앙이 넓은 선형의 전형적인 상선으로, 물건을 선적하느라 정신이 없었다.

"그건 그렇고 본국으로 가는 저 상선들은 언제 출발할 수 있다는 거야?"

프랑수아가 대답했다.

"오늘까지 선적을 마친다고 했습니다."

"그러면 내일 오후에는 출항할 수 있겠구나."

"그렇지 않아도 우리 일정에 맞추라 해 두었습니다. 아니면 호위해 줄 수 없다고 했고요."

"좋아. 그러면 우리도 출항 준비를 하자. 기관도 때에 맞춰 예열을 해 놓도록 지시하게."

"그렇게 하겠습니다."

다음 날 오후, 2척의 프랑스 상선과 라 갈리소니에르가 차례로 붕타우를 출발했다.

　지리산은 10여 일 전부터 붕타우의 외해에서 대기하고 있었다. 그동안 10여 척이 드나들었으나 전부 베트남 선적의 소형 선박이었다.

　그 바람에 그동안 개점휴업 상태였다.

　그러던 이날, 드디어 레이더에 묵직한 신호가 잡혔다. 통신관이 함상 스피커를 켜고서 보고했다.

　"함장님, 붕타우에서 3척의 선박이 내항을 빠져나오고 있습니다. 레이더의 궤적으로 봤을 때 전부 1,000톤 이상입니다."

　함장 유혁원은 이때 지리산의 선수에서 붕타우 방면을 살펴보고 있었다. 보고받은 유혁원이 급히 아일랜드로 올라와 레이더 모니터로 갔다.

　유혁원이 주먹을 움켜쥐었다.

　"좋았어. 잠함 신채호로 상황을 전달하고 무인정찰기를 띄우도록 해."

　"예, 알겠습니다."

　지리산의 함미에서 날렵한 무인정찰기가 조용히 떠올랐다. 건전지로 기동하는 무인정찰기는 소리도 내지 않고 붕타우 방면으로 날아갔다.

그리고 30분 후.

목표물에 도착한 무인정찰기가 동영상을 보내왔다. 모니터에 비치는 동영상을 확인하던 유혁원이 눈을 크게 떴다.

옆에 있던 부장이 소리쳤다.

"함장님, 전투함정입니다. 그것도 상당히 큰 규모이고요."

유혁원이 지시했다.

"고도를 낮추고 배율을 높이도록 해."

"예, 알겠습니다."

모니터 속 영상의 시야가 당겨졌다. 그런데 지난번에 나포한 범선과는 전혀 다른 외형이었다.

부장인 도호진이 지적했다.

"함장님, 프랑스가 새로 건조한 철갑선이 분명합니다. 선형도 유선형으로 잘 빠졌습니다."

유혁원도 동의했다.

"맞아. 그런데 철갑선에 돛대가 달린 모습을 보니 묘한 느낌이 드네."

"증기기관의 효율은 극악합니다. 지금의 기술력으로는 그런 증기기관의 출력을 높이기가 쉽지 않을 겁니다. 더구나 아직은 석탄 보급이 원활하지도 않을 것이고요."

"그런데 놀라워."

"뭐가 말씀입니까?"

"저 정도 규모면 지금으로선 최고로 큰 군함일 거야. 저런 대형함정은 프랑스 본토에도 별로 없을 건데 이 먼 곳까지 보냈잖아."

"그만큼 프랑스가 인도차이나 지역을 중요하게 생각한다는 의미 아니겠습니까."

"음!"

고개를 끄덕이는 유혁원의 시선은 모니터에 고정되어 있었다. 무인정찰기는 적절한 위치를 날면서 갑판의 상황을 정확이 전송하고 있었다.

"생각보다 함포의 수가 많구나."

"그러게 말입니다. 함포의 위력을 강화하기 위해 구경도 상당히 큰 것 같습니다."

이때 아일랜드에 있던 장교들이 갑론을박하는 소리가 들렸다. 유혁원이 뒤를 돌아보며 질문했다.

"무슨 할 말이라도 있는 거야?"

사통관이 대답했다.

"저 철갑선을 나포하자는 의견이 많습니다."

그 말에 유혁원의 눈이 커졌다.

"철갑선을 나포하자고?"

"예, 그렇습니다."

"쉽지 않은 일이야. 지난번에는 민간 상선이어서 손쉽게 제압했지만 저 배는 군함이야. 더구나 저 정도면 수백 명의 프랑스 해군이 탑승하고 있을 터인데 인명피해 없이 어떻게 제압해?"

"대낮에 공격하면 인명피해를 각오해야 할 겁니다. 그러나 가장 긴장이 흐트러지는 새벽녘 여명쯤에 공략한다면 큰 인명피해 없이 제압할 수 있을 겁니다."

그러나 여전히 유혁원은 고민스러운 얼굴이었다.

"구태여 그럴 필요가 있을까?"

"우리가 조선에 들어간다고 해도 당장 산업을 일으킬 수는 없습니다. 그래서 해병여단의 작전과장이 상해에서 작업하고 있는 것이고요."

"그렇기는 하지."

"철갑선입니다. 더구나 4,000~5,000톤급이라면 지금으로선 최강일 것이고요. 저런 철갑선을 조선에서 만들려면 우리 기술이 있다고 해도 10년 이상의 시간이 필요합니다."

통신관이 거들었다.

"목제 기범선이면 상선 이외에는 큰 쓰임이 없습니다. 하지만 철갑선이고 대형 전함입니다. 우리 기술로 증기기관과 함포 성능만 끌어올린다면 20~30년은 너끈히 사용할 수 있습니다."

유혁원이 지시했다.

"중요한 것은 직접 침투하는 해병대원들의 의지다. 그러니 가서 수색 중대장을 불러오도록 해."

곧바로 수색 중대장이 아일랜드로 올라왔다. 유혁원이 방금 논의 사항을 전하니 그가 바로 찬성했다.

"저희는 무조건 찬성합니다. 병인양요의 복수를 위해서라도 나포해야 합니다. 무엇보다 나포한 프랑스 함정으로 조선 해군의 전력을 보강했다는 상징적인 의미가 크기도 하고요."

"그 말은 맞다. 그러나 장병들의 인명피해가 다수 발생할 수도 있어."

수색 중대장이 당당히 밝혔다.

"우리는 군인입니다. 대한민국에서도, 지금 시대에서도, 우리의 임무는 변하지 않습니다. 이번 작전이 성공하면 국익에 엄청난 도움이 되는 일인데 인명피해는 당연히 감내해야 한다고 생각합니다. 그러나 적선의 규모가 크니 추가 병력을 보내 주셨으면 합니다."

유혁원이 확인했다.

"백령도가 지금 어디 있지?"

통신관이 대답했다.

"제주 주변 해상에 있다는 교신을 했습니다."

"아! 백령도가 너무 멀리 있구나. 가까이 있었으면 V-22를 띄우면 되는데, 지금으로선 권율의 도움을 받을 수밖에 없겠네. 문제없겠나?"

수색 중대장이 확인했다.

"가능합니다. 나포는 얼마나 신속하게 갑판을 장악하느냐가 관건입니다. 잠함 신채호의 특전대원과 우리가 무인기의 지원을 받아 작전을 수행하면 됩니다."

"무인기로 무엇을 지원하면 되겠나?"

"지난번의 미군 상선 나포에서 최루탄이 좋은 효과를 봤다고 했습니다. 무인정찰기로 총격을 가하긴 어렵지만 최루탄 투척은 의외로 쉬운 것으로 압니다. 그러니 무인기에서 적재적소에 최루탄만 잘 투척해 준다면 충분히 적선 제압이 가능합니다."

유혁원이 결정했다.

"좋다. 계획을 바꿔 적선을 나포하자. 부장은 신채호와 권율로 연락을 보내도록 하라."

"예, 알겠습니다."

지리산의 아일랜드가 갑자기 부산해졌다.

7장

지리산 함장 유혁원이 뻑뻑해진 눈을 깜빡이다가 손으로 비볐다. 작전을 앞두다 보니 잠을 설치고서 아일랜드로 올라온 그의 눈이 충혈되어 있었다.

도호진이 물수건을 건넸다.

"이걸로 열기를 식히시지요."

"고마워."

차가운 물수건으로 눈 주위를 닦으니 한결 정신이 들었다. 잠시 눈자위를 누르던 유혁원이 고개를 들어 아일랜드를 둘러봤다.

아일랜드에서는 등화관제가 실시되고 있었다. 그럼에도 각자의 임무에 충실하고 있는 장병들의 눈빛 덕에 어둡다는 느낌이 들지 않았다.

"목표와 얼마 떨어져 있지?"

통신관이 대답했다.

"붕타우를 출발한 프랑스 선단은 시속 8노트의 속도로 남진하는 중입니다. 우리와 목표와는 50km를 유지하고 있습니다."

유혁원이 지시했다.

"적함의 위치를 현황판에 띄워라."

곧 현황판에 전원이 들어왔다. 등화관제가 실시되고 있던 아일랜드가 현황판의 불빛으로 밝아졌다.

통신관이 보고했다.

"현황판으로 목표 선박의 위치를 전송합니다."

이어서 현황판으로 3개의 신호가 떠올랐다. 유혁원이 지휘관들과 함께 현황판으로 이동했다.

"카운트다운은 어떻게 되었나?"

"작전 개시 30분 전입니다."

"수색대의 상황은?"

"정상 대기 중입니다."

"잠함 신채호의 위치는 어디지?"

"목표 함정 부근 해상입니다."

"좋아! 권율을 연결하라."

통신관의 복창과 함께 무선이 연결되었다.

ㅡ권율 함장 임송빈이다.

-충성! 지리산 함장 유혁원입니다.

-충성! 고생이 많다.

-출동 상황에 이상은 없습니까?

-여기는 이상 없다. 지리산은?

-저희도 이상 없습니다. 신채호도 정상적으로 항해하는 중입니다. 작전시간을 맞춰 주십시오. 지금 시간은…….

두 사람은 시간을 맞췄다.

"작전 시작 5분 전에 연락드리겠습니다."

"알았다. 수고하라."

30여 분 후.

지리산에서 무인정찰기가 사뿐히 떠올라 전방으로 날아갔다. 이어서 지리산과 권율의 갑판에서 마린온이 동시에 떠올랐다.

날이 어두워지자 미첼 대령은 지휘관들을 위해 만찬을 열었다. 프랑스 장교들의 식사에서 와인은 물처럼 자연스러운 조합이었다.

만찬은 시간이 지나면서 술자리로 변했다. 마시는 술도 와인에서 도수가 높은 코냑으로 바뀌었으나 누구도 이를 문제 삼지 않았다.

미첼 대령을 비롯한 프랑스 해군 장교들은 자신만만했다. 동양에서 자신들의 철갑선을 상대할 수 있는 적군은 없을 거란 자신감도 하늘을 찔렀다.

그리고 이런 자신감을 가질 만도 했다.

지금의 전함은 목조에서 철갑선으로 넘어가는 시기였다. 그래서 아직 대부분의 전함들은 기범선이었고 최고가 전열함이었다.

그런데 철갑선은 대적 불가였다.

장착된 함포는 이전보다 개령되어 사거리도 크게 증대되었다. 그 결과 전열함으로 대변되는 전함은 거의 상대가 되지 않았다.

이런 자신감이 지나쳐 술자리가 길어졌다. 중간에 다수의 장교들은 임무를 위해 돌아갔다. 그러나 미첼 대령과 프랑수아 중령은 정신을 잃을 정도로 술을 마셨다.

쾅! 쾅! 쾅!

"함장님! 함장님!"

미첼 대령은 전날 고주망태가 되어 혼수상태처럼 잠이 들었었다. 그런 미첼 대령은 거듭해서 문을 두드리는 소리에 억지로 잠에서 깨어났다.

그러나 흔들리는 머리 때문에 제대로 눈을 뜰 수가 없었다. 그러나 문 두드리는 소리는 더 급박해졌기에 오만 인상을 쓰고서 겨우 머리를 들었다.

그런데 선창으로 보이는 바다는 아직도 사방이 새까맸다. 그것을 본 미첼 대령이 버럭 소리쳤다.

"대체 무슨 일이기에 이러는 거야?"

"큰일 났습니다! 어서 나와 보십시오! 하늘에서 이상한 놈들이…… 쿨럭! 쿨럭!"

밖에서 소리치던 장교가 바튼 기침을 내뱉으며 말을 잇지 못했다. 이어서 그의 기침 소리가 몰고 왔는지 이상한 냄새가 스멀스멀 피어올랐다.

"으! 으! 이게 대체 무슨 우욱!"

그는 더 말을 못 했다.

숨과 함께 들이마신 공기에서 속이 뒤집혀지는 매캐한 냄새가 코를 찔렀다. 그 순간 배 속이 뒤집혀지면서 냄새가 온 신경을 짓눌렀다.

"우욱! 쿨럭! 쿨럭!"

매캐한 냄새 때문에 제대로 토하지도 못했다. 그러면서 가슴이 찢어질 듯 아파 오고 눈도 뜨지 못할 정도로 괴로웠다.

이때였다.

쾅!

방독면을 쓴 사람이 문을 발로 차고 들어왔다. 다름 아닌 수색 중대장이었다. 그는 총신에 달린 플래시의 불빛을 이용해 선실을 훑었다.

그러다 선실 바닥에서 괴로워하는 미첼 대령을 보고는 제압하러 다가왔다. 그때 최루탄 가스에 괴로워하던 미첼 대령이 갑자기 뛰어올랐다. 선실을 기습한 괴한에게 반격하려는 것이었다.

그러나 수색 중대장은 조금도 당황하지 않고 그대로 방아쇠를 당겼다.

탕!

총에 맞은 미첼 대령은 반동으로 그대로 튕겨 나갔다. 그렇게 튕긴 미첼 대령은 신음 한 번 내지르지 못하고 절명했다.

마군에게 필요한 것은 철갑선이지 프랑스 장병이 아니었다. 그래서 작전에 들어가기 전에 반항하는 적은 무조건 사살하라는 명령을 하달한 참이었다.

명령의 당사자인 중대장이 미첼 대령의 시신을 발로 넘기며 확인했다. 그리고 미첼 대령이 사망한 것을 확인되자 미련 없이 선실을 나왔다.

선실 복도에는 프랑수아 중령이 두 눈을 부릅뜬 채 죽어 있었다. 수색 중대장은 그의 시신을 힐끗 한번 보고서는 그대로 타넘었다.

그러고는 옆 선실 문을 발로 찼다.

쾅!

수색 중대장은 바로 선실로 들어가지 않았다. 그 대신 총신에 달린 플래시로 갑판을 훑었다.

아무도 없었다. 이상을 느낀 중대장이 열린 문 쪽으로 몸을 틀려 할 때였다.

쉬익!

갑자기 사람이 튀어나오더니 칼을 휘둘렀다. 해병대 중대장은 반사적으로 소총을 들었다.

쨍!

총신이 휘청거릴 정도의 힘을 받는 순간 발을 그대로 차올렸다. 그런 그의 발에 묵직한 느낌이 걸렸다.

퍽!

"으악!"

프랑스군이 뒤로 날아갔다.

수색 중대장은 냉혈동물처럼 거침없이 방아쇠를 당겼다. 그 순간 적군의 머리가 터지면서 피가 뿜어져 올랐다.

탕! 퍽!

수색 중대장이 잠깐 적의 상태를 확인하고는 몸을 돌렸다.

전날 벌어진 술판 덕분에 프랑스군의 조직적인 반발은 없었다. 더구나 최루탄의 효과는 놀라워서 프랑스군이 맥을 추지 못했다.

그럼에도 대다수 프랑스군은 쉽게 제압되지 않았다.

최루탄에 괴로워하면서도 반발했다. 칼을 들고 덤비거나 심지어 총을 쏘며 저항하기도 했다.

그런 상황에서 특전대원들의 많은 작전을 치러 본 경험은 큰 도움이 되었다. 좁은 선실을 수색하는 진압 작전에서 특전대원들의 활약은 놀라웠다.

이들의 활약은 수색 중대원들을 자극하여 전투력을 급상 승시켰다. 덕분에 진압 작전의 빠른 전개에 상당한 도움이 되었다.

백병전이 거의 없는 시대의 해군이었기에 프랑스 해군의 무장은 빈약했다. 대부분 칼이 고작이고 총은 장교들이 보유한 권총 정도였다.

당연히 소총은 있었다.

그러나 안전사고에 대비해 전부 병기고에 저장되어 있었다. 이렇게 보관된 소총은 야간 기습을 당하니 완전히 무용지물이 되었다.

이럼에도 프랑스군의 투쟁력은 대단해서 누구도 쉽게 물러서지 않았다. 그로 인한 결과는 처참해서 절반 이상의 프랑스군이 사살되었다.

나포 작전은 여명이 지나고서야 끝났다. 계획대로 나포에 성공했으나 작전이 끝난 것은 아니다.

아직 2척의 목표가 더 남아 있었다.

마고부대원들은 일부 병력을 남겨 놓고 다음 목표를 공략했다. 철갑선 '라 갈리소니에르'가 압도적인 무력에 제압된 상황을 봐서인지 2척의 상선은 별 저항 없이 항복했다.

2척의 상선 진압도 최루탄 투하와 함께 공격이 진행되었다. 그 바람에 프랑스인들의 결정은 빨랐으며 한동안 고통에 시달려야 했다.

"수고했다."

작전이 성공했다는 보고에 유혁원은 주먹을 움켜쥐었다. 그러나 연이은 보고에 유혁원의 목소리가 높아졌다.

"뭐야! 부상자가 10여 명이고 그중 중상이 3명이나 돼? 아니, 모두 방탄복을 착용했잖아?"

수색 중대장의 목소리가 낮아졌다.

"프랑스군이 휘두르는 칼에 자상을 입은 병사들이 많습니다. 방탄복을 입고 있어서 몸통은 보호되었지만 팔다리에 입은 자상이 깊습니다. 그래도 생명에 지장을 주는 부상은 아닙니다."

"혹시 후유증이 있을 수 있으니 빨리 후송하자. 백령도에 보고해 V-22를 보내 달라고 조치하겠다."

"예, 부탁드리겠습니다."

잠시 후.

마린온에서 침대가 내려왔다. 그 침대를 이용해 3명의 중상자를 올려 보냈고 환자를 태운 헬기는 곧바로 권율로 날아갔다.

중상자를 후송하고 2척의 상선을 제압하는 동안 포획한 '라 갈리소니에르'의 정비가 시작되었다. 철갑선 정비의 첫 작업은 포로를 동원해 사살된 프랑스군의 신원 확인과 수장이었다.

시신은 예의를 갖춰 수장시켰다.

그러자 그것을 본 프랑스군이 자발적으로 움직이면서 시신 처리가 빨라졌다. 그렇게 사망자를 처리하고는 선체 청소가 이어졌다.

이 작업에는 프랑스 상선에서 넘어온 포로들이 대거 동원되었다. 그럼에도 전투가 벌어진 곳이 갑판과 선체 전부여서 시간이 꽤 걸렸다.

청소가 끝나고 지리산에서 몇 명이 철갑선으로 넘어갔다. 이들은 지리산의 기관실을 담당하는 기관장과 기관원들이었다.

'라 갈리소니에르'의 기관장인 모방은 전날 술에 완전히 떡이 되었다. 그 바람에 저항도 제대로 못 하고 제압되어야 했다.

그러나 그는 자신만만했다.

'이 배를 움직일 수 있는 사람은 나뿐이야. 네놈들이 누군지는 모르겠지만 내 허락 없이는 절대 배를 몰지 못할 거다.'

모방이 자신만만해하는 이유가 있었다.

프랑스는 '라 갈리소니에르'를 건조하면서 증기기관도 대폭 개량했다. 그래서 비록 연료를 많이 먹는 하마는 달라지지 않았지만 속도는 이전보다 많이 개선되어 있었다.

한계가 있긴 해도 이 시대에서는 최신이었다. 이런 증기기관을 구동시키기 위해서는 별도의 교육을 받아야 했다.

지리산 기관장이 기관실로 내려갔다.

그리고 이곳저곳을 점검하면서 기관을 조작해 나갔다. 모방은 그런 모습을 보고는 콧방귀를 끼면서 아예 외면했다.

그런데 이상했다.

시간이 지났음에도 자신에게 도움을 요청하지 않았다. 뭔가 이상하다는 생각에 고개를 돌려 기관을 살펴보던 모방의 턱이 덜컥 내려앉았다.

"아, 아니, 저게 어떻게 된 거야?"

지리산 기관장과 기관원은 처음에는 어색했다. 처음 보는 초기 형태의 증기기관이어서 어디부터 손대야 할지 난감했기 때문이다.

그러나 곤란함은 이내 해소되었다.

증기기관의 구동 원리는 간단하다.

수증기의 열에너지가 운동에너지로 전환된다. 이러한 원리는 증기터빈, 가스터빈, 그리고 원자력에도 적용된다. 그래서 어색해하던 지리산의 기관장과 기관원은 금세 적응할 수 있었다.

다만 석탄 수급만은 여전히 어려웠다.

기관장이 전성관(傳聲管)에다 소리쳤다.

"화부(火夫)로 투입할 인원을 내려보내 주세요!"

"예, 알겠습니다."

곧이어 몇 명의 포로들이 내려왔다.

"아니, 이들은 프랑스인이 아니잖아?"

특전대원이 설명했다.

"상선에서 넘어온 베트남 선원들입니다. 아마도 인력 절감을 위해 이들을 고용한 듯합니다."

"우리로서는 프랑스인이 아니어서 다행이네."

"그러게 말입니다."

기관장이 지시했다.

"저들에게 화부의 임무를 숙지시켜 주도록 해."

기관원들이 석탄 투입 요령을 숙지시켰다. 처음에는 두려워하던 베트남 선원들은 이내 적응했다.

기관장이 전성관에 다시 소리쳤다.

"기관실 확보를 마쳤습니다!"

갑판에서 말을 받았다.

"바로 기동하겠습니다. 출력 50%."

"접수, 출력 50%!"

기관장이 소리쳤다.

"화부들은 석탄을 투입하라!"

모방의 눈이 더없이 커졌다.

지리산 기관장은 자연스럽게 증기기관을 통제해 나갔다. 여기에 미국 상선에서 넘어온 베트남 선원들도 오랫동안 근무한 화부들처럼 행동했다.

그 모습을 바라보던 모방이 탄식했다.

"아아! 놀랍구나. 나는 새로운 기술을 익히는 데 몇 개월이 걸렸다. 그런데 저들은 몇 번 만져 보고는 작동시키고 있어. 저들이 단순히 해적인 줄 알았는데 그게 아니었어."

모방의 옆에는 프랑스군의 기관실 장병이 몇 명 앉아 있었다. 이들은 마고부대원들의 움직임에서 그저 넋을 잃고 바라보기만 했다.

프랑스군의 도움 없이도 철갑선은 유유히 항해를 시작했다. 그런 철갑선은 2척의 상선과 함께 지리산과 신채호의 호위를 받으며 북상했다.

10여 일 후.

나포한 상선이 있었기에 지리산은 항속을 조절해 가며 이동해야 했다. 그 바람에 10여 일을 항해하고서야 울릉도에 도착했다.

도동항의 내항 선착장에는 많은 장병들이 나와 있었다. 이들은 좁은 내항을 조심스럽게 들어오는 철갑선의 위용에 연신 탄성을 터트렸다.

손인석도 감탄했다.

"4,600톤급이라고 하더니 크기가 지리산에 맞먹는 것 같다."

부사령관이 거들었다.

"원료가 석탄이어서 선체가 큰 것 같습니다. 기록에 따르면 방어 능력을 키우기 위해 측면에 석탄을 적재한다고 합니다. 그렇게 되면 체적이 자동적으로 커지지 않겠습니까?"

손인석이 동조했다.

"맞아. 그렇다는 말은 나도 들었어. 그건 그렇고, 이번에 해병 수색대원과 특전대원들이 아주 큰 공을 세웠어. 저 정도라면 조선 수군의 군사력 증대에 아주 큰 도움이 되겠다. 장 여단장이 특별히 격려해 주도록 하게."

해병여단장 장병익이 흐뭇해했다.

"그렇게 하겠습니다. 그런데 이번에 나포한 프랑스 상선에도 엄청난 양의 재화가, 그것도 금괴로 실려 있다고 들었습니다."

손인석이 크게 고개를 끄덕였다. 그러고는 손을 들어 '라 갈리소니에르'를 가리켰다.

"맞아. 저 철갑선이 첫 항해로 베트남까지 온 것에는 다 이유가 있었어. 수송선 선장을 심문한 보고에 따르면 수송선이 실린 금괴는 베트남으로부터 받은 것이라고 해."

장병익이 고개를 갸웃했다.

"베트남이 무슨 이유로 적국이나 다름없는 프랑스에 금괴를 주었단 말입니까?"

"10여 년 전에 체결했던 사이공조약에 따른 배상금을 베트남이 아직까지 지불하지 않았다고 해. 그러다 금년 3월 프랑스의 협박으로 다시 사이공조약을 체결했다고 하더군. 그 조약의 내용 중에 프랑스가 월남에 군함 5척, 대포 100문, 소총 1,000정을 넘겨주기로 약정했다는 거야. 소모품을 포함해서 말이야."

"아! 그래서 금괴의 양이 많은 거로군요."

"그렇지. 그리고 첫 번째 조약에서 배상금에 대한 지연이 자가 복리로 계산되어서 금액이 엄청나게 불어나게 되었고."

"프랑스가 아주 탈탈 털어 냈군요."

손인석이 크게 웃었다.

"하하하! 맞아. 덕분에 우리는 생각지도 않은 돈벼락을 맞게 되었어."

장병익이 주먹을 움켜쥐었다.

"이거 정말 힘이 부쩍 납니다. 영국이 지난 시절 왜 그토록 사략 함대 운용에 적극적이었는데 이제 알겠습니다."

"옳은 말이야. 이번에 마련한 자금은 우리의 향후 행보에 아주 큰 도움이 될 거야."

손인석은 수송선 2척이 정박하는 모습을 잠시 바라봤다. 그러다 굳은 표정으로 입을 열었다.

"본토 작전까지 몇 달 남지 않았어. 이 과장의 활약으로 보급도 충분히 채우게 되었으니 이제부터 거기에 따른 준비에 매진하세."

주변 지휘관들이 일제히 대답했다.

"예, 알겠습니다."

손인석이 지휘관들을 죽 훑었다. 그와 눈이 마주친 지휘관들은 하나같이 굳은 표정들이었다.

더위가 한풀 꺾인 9월 초.

한양의 북촌에 있는 민승호(閔升鎬)의 저택에 인파로 북적였다. 왕비의 오라버니인 그가 처음으로 병조판서가 되었기 때문이다.

민승호는 여동생이 왕비가 되면서 바로 당상관이 되었다. 그러나 그뿐이었다. 척족의 발호를 늘 경계하는 대원군 때문에 승차가 지지부진했다.

이런 대원군의 처사에 민씨들은 늘 불만을 품어 왔었다. 하지만 워낙 강력하게 권력을 장악하고 있던 대원군에 눌려 그동안 옴짝달싹 못 했다.

그러나 화무십일홍(花無十日紅)이요, 권불십년(權不十年)이다. 대원군의 권세가 10년째 이어지면서 조금씩 힘을 잃어 갔다.

특히 경복궁을 중건하면서 무리한 것이 화근이었다. 연이은 화재로 중건 자금이 부족해지면서 당백전이 발행되었다.

그 결과, 물가가 파탄 나면서 백성들의 신망까지 급전직하로 떨어져 버렸다. 이런 와중에 국왕이 제 목소리를 내기 시작하니 권력이 급격히 흔들렸다.

대원군은 왕비 간택에 노심초사했다.

벌열 가문의 여식을 들이면 또다시 세도가 발호할 것을 우려했기 때문이다. 그래서 고르고 고른 것이 자신의 처가인 민씨 가문의 여식이었다.

민씨 가문은 숙종의 왕비를 배출했다. 더구나 명문 거유도 다수 배출한 명문 중의 명문이었다.

그러나 후손이 많지 않았다.

왕비의 사가는 일가붙이가 별로 없었다. 가깝다고 해 봐야 10촌이 넘을 정도였으며 국구(國舅)가 될 부친조차 10여 년 전에 사망했다.

아들도 없어 양자를 들여야 했다. 그 바람에 11촌 조카인 민승호가 입적해서 대를 이어야 했다.

명문 가문이지만 손이 귀한 집안. 더구나 친형제도 없으며 자신의 처가이기도 해서 민씨 집안 여식을 왕비로 맞아들인 것이었다.

대원군으로선 최고의 선택이었다.

그러나 간과한 것이 하나 있었다. 왕비의 사가는 그렇게 경계했으면서 정작 왕비의 성품은 제대로 파악하지 못한 것이었다.

왕비는 총명했으나 권력욕이 누구보다 컸다.

그녀는 입궐한 직후에는 대원군을 하늘같이 받들어 모셨다. 그런데 입궐 이듬해, 고종과 후궁인 영보당 귀인 이씨 사이에서 완화군(完和君)이 탄생하면서 문제가 생겼다.

대원군은 국왕의 첫 후손인 완화군을 지극히 총애했다.

이러한 대원군의 태도는 몇 년 동안 태기가 없었던 왕비를 더 불안하게 만들었다.

그러다 5년 만에 왕자를 낳았는데, 이 왕자가 요절하는 일이 발생하고 말았다.

왕자는 항문이 막힌 기형아였다. 그래서 대원군이 산삼을 내렸는데 그걸 먹은 왕자가 열이 오르더니 사망한 것이다.

이 일을 기점으로 왕비와 대원군의 사이는 완전히 틀어져 버렸다. 왕비는 대원군이 자신이 총애하는 완화군을 위해 일부러 왕자에게 산삼을 먹였다고 의심하였다. 그래서 이때부터 자신의 안전과 권력의 기반을 다지기 위해 움직였다.

민승호와 일가를 먼저 챙겼다.

이어서 왕대비의 척족인 조영하와 조성하를 가까이했다. 흥인군 이최응(李最應)과 대원군의 사위인 조경호와 아들인 이재면까지 끌어들였다.

이뿐만이 아니었다.

유림, 특히 노론 세력은 대원군의 서원 철폐에 가장 불만이 많았다. 왕비는 이런 노론 세력까지 끌어들이면서 유림의 거두 최익현과도 제휴했다.

이러한 제휴와 결탁이 성과를 보이지 않는다면 그게 더 이상한 일이다. 시간이 지날수록 권력에서 밀려난 세력까지 결집하면서 세는 점점 불어났다.

여기에 비례해 정치적 입지와 목소리도 따라서 높아졌다. 이런 와중에 민승호가 10년 만에 판서의 지위에 오른 것이다.

왕비의 유일한 오라버니라는 위치만 해도 대단하다. 그런데 대원군의 대척점에 서게 되면서 민승호의 정치적 위상은 최고점에 이르렀다.

민승호의 북촌 저택은 인파로 미어터졌다. 권세를 좇는 해바라기들부터 경화사족까지 수많은 사람들이 방문했다.

지체가 높은 사람은 사랑에 직접 올라 인사할 수 있었다. 반면 그러지 못한 사람들은 사랑의 마당에서 절을 하고는 선물을 건넸다.

그렇게 한바탕 난리를 치른 저녁.

인사차 왔던 사람들이 돌아가고 사랑에는 몇 명만이 남았다. 예조참판(禮曹參判) 민겸호(閔謙鎬)가 호탕하게 웃으며 술잔을 들었다.

"하하하! 우리 형님께서 드디어 대감 소리를 듣게 되었습니다. 이 기쁜 날, 이렇게 좋은 분들과 함께 자리하니 너무 기분이 좋습니다. 자! 우선 한 잔씩들 드시지요."

민겸호는 민승호의 친동생이다.

민겸호는 탐욕스럽고 권력욕이 강했다. 그래서 지금까지 이런저런 명목으로 뒷돈을 챙겨 왔다.

그러나 대원군의 서슬 때문에 대놓고 뇌물을 받아먹지는 못하고 있었다. 이런 그에게 민승호의 판서 임용은 날개를 달게 된 형국이었다.

모두들 단숨에 잔을 비웠다.

이번에는 조영하가 나섰다. 조 대비의 척족인 그는 어려서부터 요직을 거쳤으며 지금은 호조판서로 재임하고 있었다.

"하례드립니다, 대감. 이제 병판이 되셨으니 불원간 조선의 권력이 대감께로 모일 것입니다."

민승호가 고개를 저었다.

"말씀은 고맙지만 아직은 아니에요. 우리 세력도 제법 강성해졌지만 아직 자형(姉兄)과 그 추종 세력을 상대하기는 요원합니다."

조영하의 목소리가 높아졌다.

"결코 그렇지 않습니다. 국태공 저하의 권세가 아무리 높다고 해도 사상누각입니다."

이조참의 조성하도 동조했다.

"호판의 말이 맞습니다. 국태공 저하의 권세가 지금은 최고지만 무너질 때는 순간이 될 것입니다."

민승호가 침음했다.

"으음!"

민승호도 두 사람이 왜 이런 말을 하는지 모르지 않다.

흥선대원군은 지금 어떠한 직책도 없이 권력을 장악하고 있었다.

이러한 사실을 모르는 사람은 없다.

그러나 그런 대원군의 권세를 누구도 비판하거나 반대하지 못했다. 그만큼 대원군의 권세가 대단하기도 했지만 안동 김

씨의 세도정치가 남긴 폐해의 골이 너무도 깊은 탓도 있었다.

조영하가 다시 나섰다.

"따지고 보면 안동 김씨의 세도가 국태공 저하의 정치적 입지를 만들었습니다. 그래서 대비마마께서 수렴청정을 하지 않고 국태공 저하께 권력을 넘겨주셨고요. 그러나 그 어른이 권력을 잡은 지가 10년 세월입니다. 주상 전하의 성산(聖算)도 스물이 넘으셨으니 이제는 당연히 물러나셔야 합니다."

민승호가 한숨을 내쉬었다.

"후! 그걸 내가 왜 모르겠소? 솔직히 나도 자형이 물러났으면 하는 바람이 많지만 그걸 직접 말할 수는 없소이다. 더구나 누가 나서서 자형을 물러나라고 할 수 있겠소?"

민겸호가 은근히 목소리를 낮췄다.

"형님, 우리가 직접 나서지 않고 말을 앞세우면 되지 않겠습니까?"

민승호가 고개를 저었다.

"어려운 일이야. 누가 감히 자형과 정면으로 맞설 강단이 있겠어."

"그런 사람이 한 명 있습니다."

그 말에 민승호가 눈을 크게 떴다.

"있다고? 그게 누구야?"

"전 승지(承旨) 최익현(崔益鉉)입니다."

조영하가 탄성을 터트렸다.

"아! 최익현이라면 충분히 가능할 겁니다."

조성하도 거들었다.

"저도 그렇게 생각합니다. 그는 칼이 목에 들어와도 할 말은 하는 성품입니다. 더구나 화서(華西) 이항로(李恒老)의 수제자여서 그가 나서기만 한다면 유림의 적극적인 지원을 받을 수가 있습니다."

민승호도 고개를 끄덕였다.

"면암(勉庵)이라면 가능하기는 하지요. 허나 그를 어떻게 부추기느냐가 문제 아니겠습니까?"

조영하가 주저 없이 나섰다.

"충분히 가능한 일입니다. 저는 그가 적극적으로 나설 수밖에 없는 명분을 알고 있습니다."

모두의 시선이 그에게 쏠렸다.

8장

사람들이 눈을 빛내며 자신을 바라보자 조영하는 순간적으로 당황했다. 그러나 그는 이내 헛기침하고서 말을 이었다.

"험! 모두 아시는 대로 최익현은 화서선생의 수제자로 기호유림의 대표 격입니다. 그런 그가 국태공 저하의 정책 중 가장 반대한 것은 화양서원과 만동묘 철폐입니다."

민승호가 크게 고개를 끄덕였다.

"맞는 말입니다. 골수까지 사대모화 사상에 물든 그에게 만동묘 철폐는 받아들이기 어려운 정책이었지요. 그 때문에 자형과는 완전히 척졌고요."

"그렇습니다. 그러니 그에게 적당한 구실만 만들어 준다면 분연히 일어날 것입니다."

"적당한 구실이라면?"

"주상 전하의 밀지가 가장 좋겠지요."

민승호가 고개를 저었다.

"밀지는 위험부담이 많아요. 이런 일일수록 흔적이 남지 않아야 합니다."

민겸호가 나섰다.

"형님, 누님께 간청드려 보시지요."

"중전에게?"

"그렇습니다. 누님께서 나서신다면 나중에라도 별다른 문제가 되지 않을 겁니다. 그리고 최익현에게는 더없이 중요한 명분이 될 것이고요."

"으음!"

침음하던 민승호가 고개를 끄덕였다.

"좋다. 내일 입궐해서 중전께 간청드려 보마."

"감사합니다, 형님."

민승호가 잔을 들었다.

"모두 잘되자고 하는 일이니 감사할 일은 아니다. 자! 우리 미래를 위해 건배합시다."

그의 제안에 모든 사람이 잔을 들었다. 그러고는 일이 성사되기라도 한 것처럼 하나같이 환하게 웃으며 잔을 비웠다.

그러나 불행히도 이곳에는 이들의 밀담을 청취하는 귀가 있었다.

마고부대는 몇 개월 전부터 대궐과 운현궁, 그리고 유력자의 저택에 도청기를 설치했다. 초소형 드론을 이용해 설치한 도청기는 손톱보다 작아 누구도 알아보지 못했다.

설치에는 몇 번의 시행착오를 거쳤다.

특전 부대의 도청기 숫자는 10개뿐이었다. 그런데 대궐과 운현궁을 제외하면 도청 대상의 저택이 특정되지 않은 상황이었다.

그 바람에 설치 장소를 몇 번이나 옮겨야 했다. 그럼에도 사람들은 이를 전혀 알아채지 못했다.

도청기의 성능은 창호지 정도의 장벽은 가볍게 뛰어넘을 정도였다. 이때부터 조선의 상황을 실시간으로 마고부대가 파악하게 되었다.

다음 날.

민승호가 중궁전을 찾았다.

"중전마마, 병판대감 드셨사옵니다."

"어서 들라 하세요."

중궁전 상궁이 깊게 허리를 숙였다.

"드십시오, 대감."

"고맙네. 오늘은 중전마마와 긴히 나눌 말이 있으니 사람들을 물려주게."

민승호는 10년을 문지방 닳듯 드나드는 중궁전이었다. 더구나 중전의 오라버니인 그의 말을 중궁전에서는 누구도 거역하지 못했다.

"예, 대감."

민승호는 중궁전 상궁이 주변 사람을 물리는 모습을 잠시 바라봤다. 그러던 그가 전각으로 들어서니 중전이 환하게 웃으며 반겼다.

"어서 오세요, 오라버니."

"밤새 평안하셨습니까?"

"예, 덕분에요."

민승호가 조심스럽게 목소리를 낮췄다.

"마마, 긴히 드릴 말씀이 있사옵니다."

중전이 정색했다.

"무슨 일이 있사옵니까?"

"어젯밤에……."

민승호가 전날에 있었던 일을 전했다. 그의 말이 끝났음에도 중전은 한동안 생각을 하다가 고개를 끄덕였다.

"예, 지금으로선 그게 가장 좋은 방안이네요."

민승호가 고개를 숙였다.

"마마께 어려운 부탁을 드려 송구합니다."

"아닙니다. 주상 전하의 친정을 위하는 일인데 당연히 제가 나서야지요. 다행히 면암과는 승지 시절부터 교류를 이어오고 있었습니다."

민승호가 감탄했다.

"대단하십니다. 마마께서는 이런 일이 있을 거라고 예상하셨던 거로군요."

"그렇지는 않아요. 그러나 기호유림의 대표인 그를 가까이하면 언젠가 도움을 받을 거란 생각은 하고 있었지요."

"그러셨군요."

"제가 최 승지를 불러 상소를 부탁하지요. 그러나 상소만으로 시아버님을 물러나게 할 수는 없습니다. 적어도 조정 최고 관직에 있는 분이 동조해야 힘을 얻게 됩니다."

민승호도 인정했다.

"맞습니다. 마마께서 혹시 생각하고 계신 분이 있습니까?"

"제가 봤을 때 영부사(領府事) 대감이 적격입니다."

"영부사 이유원(李裕元) 대감이라면 충분히 조정을 뒤흔들수 있겠군요."

"예, 그러니 오라버니께서 영부사 대감을 따로 만나 보세요."

"알겠습니다. 퇴궐하는 대로 찾아뵙지요."

남매는 한동안 머리를 맞대고 향후 전략을 논의했다.

그렇게 중전과 밀담을 나눈 민승호는 흡족한 미소를 지으며 중궁전을 나왔다.

운현궁(雲峴宮) 노안당(老安堂).

흥선대원군의 사저가 궁이 된 것은 국왕이 즉위하면서다. 대비 조 씨가 국왕의 잠저이며 대원군의 본가를 대폭 확장하라는 명을 내렸다.

그런 운현궁은 담장만 해도 1㎞가 넘었다.

거기다 4개의 대문이 설치되어서 궁호에 걸맞게 커졌다. 운현궁의 4대문 중 경근문(敬覲門)은 국왕이 운현궁을 출입할 때, 공근문(恭覲門)은 대원군이 궁궐을 출입하며 사용하던 전용문이다.

운현궁의 사랑채가 노안당이다.

노안당의 당호는 《논어》의 공야장(公冶長)편의 '노자안지(老者安之)'에서 유래하였다. 노안당은 대원군의 섭정 10년 동안 정치의 중심지였다.

대원군은 입궐하지 않으면 운현궁에서 정사를 봤다. 그래서 운현궁의 사랑채인 노안당에는 늘 사람으로 북적였다.

이런 노안당의 한쪽에는 영화루(迎和樓)라는 누각이 있으며 손님을 맞는 곳이다. 이 누각에 몇 명의 중신들이 국사를 논의하고 있었다.

그런 말미에 형조판서 이경하(李景夏)가 입을 열었다. 이경하는 강직한 성품으로 대원군이 집권하면서 중용된 인물이었다.

"저하, 조정의 분위기가 이상하게 돌아가고 있습니다. 이전에는 지시 사항이 일사천리로 진행되었는데 요즘은 자주

어긋나고 있습니다. 더구나 무리를 지어 뒷말을 하는 자들도 많아졌고요. 이러다가 큰일이 일어날 것 같아서 걱정입니다."

이조판서 신응조(申應朝)도 동조했다.

"호판과 병판이 요즘 들어 잦은 회합을 하고 있사옵니다. 다른 사람도 아닌 척족 가문을 대표하는 두 사람이라면 국태공 저하의 체면을 생각해서라도 몸가짐을 조심해야 합니다. 그런데도 대놓고 만남이 잦다는 것은 문제가 있다고 생각합니다."

두 사람의 말을 들은 대원군의 안색이 어두워졌다. 그도 민승호와 조성하가 자주 만난다는 보고는 받고 있었기 때문이다.

형조판서 박규수(朴珪壽)도 나섰다.

"전 승지 최익현이 기호유림의 지도자들과 잦은 교류를 하고 있다고 합니다."

차를 마시려던 대원군의 손이 멈췄다. 그러나 그는 이내 잔을 들어 목을 축였다.

"최익현은 화서 이항로의 수제자이니 유림과의 교류가 잦은 건 당연한 일 아니오?"

"겉으로 보면 당연한 일입니다. 허나 흘러나오는 소문에 따르면 만동묘 철폐를 놓고 상당히 거친 말이 오간다고 합니다."

"으음!"

이경하가 권했다.

"호판과 병판은 따로 불러 주의를 주시는 것이 좋지 않겠습니까? 다른 것은 모르지만 또다시 불행한 과거를 되풀이할 수는 없지 않겠습니까?"

이경하가 척족들의 세도를 걱정했다. 누구보다 그 점을 가장 경계해 온 대원군이 한숨을 내쉬었다.

"후! 나도 그러고 싶소. 그러나 나는 중전이 어렵게 회임하였는데 공연한 일로 심기를 어지럽히고 싶지 않소이다."

대원군이 중전의 임신을 거론하자 모두들 고개를 끄덕였다. 대원군도 그렇지만 온 조정이 왕실의 적손 탄생을 기원하고 있었기 때문이다.

이경하가 다시 나섰다.

"그렇다고 조정의 기강만큼은 이대로 두고 볼 수는 없습니다. 하오니 저하께서 그에 대한 영(令)만큼은 분명하게 내려 주시옵소서."

박규수가 동조했다.

"맞은 말씀입니다. 조정의 기강을 잡는 일은 무엇보다 중요하옵니다. 하오니 그 일만큼은 저하께서 나서 주셨으면 하옵니다."

대원군도 이 점에는 동의했다.

"알겠습니다. 그렇게 하지요."

중신들이 인사하고 물러났다.

대원군이 지시했다.

"천하장안을 모두 부르도록 해라."

잠시 후.

네 사람이 사랑으로 들어왔다.

천하장안은 천희연(千喜然), 하청일(河淸一), 장순규(張淳奎), 안필주(安必周)를 말한다. 이들 네 사람은 대원군이 권력을 잡기 전부터 인연을 맺어 지금까지 충성하고 있는 심복들이었다.

"천 서방."

"예, 저하."

"요즘, 병판의 집에 드나드는 사람이 많으냐?"

"뚜렷이 늘어났다고 볼 수는 없습니다. 그러나 동생분인 민 예조참판 영감과 조영하, 조성하 형제분이 거의 매일 드나들고 있사옵니다."

"세 사람이 거의 매일 드나들어?"

"예, 저하."

하청일도 나섰다.

"어제 전 승지 최익현의 집에 영부사 이유원 대감이 방문해 한동안 머무르다가 돌아갔사옵니다."

그 말에 대원군이 큰 관심을 보였다.

이유원은 국왕 즉위 초기 좌의정까지 올랐었다. 그러다 대원군을 집권을 반대하고 반목하다가 수원 유수로 좌천되었었다. 그리고 곧바로 명예직인 영부사가 된 인물이었다.

그리고 최익현은 서원 철폐와 만동묘 폐쇄로 대원군과 격렬하게 맞섰던 인물이다. 그런 두 사람이 지금 시기에 만났다는 것은 그 자체만으로도 경각심을 불러일으켰다.

대원군은 갖은 환란신고를 겪으며 지금의 자리에 올라왔다. 그래서 누구보다 촉이 예민했다. 그런 대원군의 느낌에 이상이 감지되었다.

"천 서방."

"예, 저하."

"지금 즉시 사람을 풀어 최익현과 영부사의 집, 그리고 큰 처남과 호판의 집을 집중 감시하라. 아! 둘째 처남의 집도 마찬가지다."

"명심하겠습니다."

"철저하게 감시해야 할 것이다."

천희연이 더 깊게 몸을 숙였다.

"심려하지 마십시오. 개미 새끼 드나드는 것까지도 빠트리지 않고 철저하게 감시하겠사옵니다."

"그래. 그리고 보부상에도 사람을 보내 기호유림의 움직임도 살피도록 해라."

"예, 저하."

네 사람이 인사하고는 물러났다.

대원군은 천하장안을 내보내고서 생각이 깊어졌다. 이런저런 생각에 머리가 복잡해진 대원군이 길게 한숨을 내쉬었다.

"후! 어쩌다 일이 이 지경이 되었단 말인가. 다른 사람도 아닌 친처남이 나를 찍어 내려 하다니. 더구나 둘째 겸호는 몇 번의 비리를 저지른 것을 용서해 주었는데도 기어코 끝장을 보려 하는구나."

두 사람을 생각하니 가슴이 답답해졌다.

"할 일이 태산인데 다른 사람도 아닌 처남하고 권력투쟁을 하게 되다니. 이런 일이 걱정되어 왕비 간택에 그렇게 노력했는데 결국 헛된 일이 되어 버렸어."

생각이 여기에 미치자 왕비의 치마폭에서 정신을 못 차리는 국왕이 원망스러워졌다.

"후우! 주상, 어찌 이리 팔불출 같은 짓을 벌이고 있는 것이오. 아무리 마음이 유약하기로서니 중전의 말에 휘둘리며 아비를 멀리하다니요."

대원군도 국왕이 이전의 국왕이 아니란 사실을 모르지 않았다. 그러나 대원군은 '그래도 자신을 내치지는 않겠지.' 하는 미련을 갖고 있었다.

이런 생각이 인지상정일 수는 있다.

그러나 권력은 부자간에도 나누지 못한다. 대원군도 이런 사실을 누구보다 잘 알고 있었다.

실제 국왕은 자신을 멀리하기 시작했고 며느리와 처남들은 찍어 내려 하고 있었다. 그런데도 자신이 완전히 정치에서 물러나게 될 거라고는 생각하지 않았다.

대원군이 독백했다.

"이 또한 지나가는 과정일 뿐이다. 소나기는 한때여서 잠시 피하면 된다. 내가 어떻게 해서 주상을 즉위시켰는데, 그런 나를 주상이 뒷방늙은이로 만들지는 않을 거다."

대원군은 안동 김씨 세도정치 시절 몇 차례 죽을 고비를 넘겼었다. 그런 위기를 넘기면서 누구보다 정치적인 감이 좋아졌다.

그러나 그런 대원군도 10년 만에 달라졌다. 그동안 누려 온 권력에 젖어 버린 탓인지 위험을 인지하고도 애써 외면하려 하고 있었다.

그리고 며칠 후.
한 통의 상소가 날아들었다.
이 상소로 조선이 뒤집어졌다.

상소는 바로 운현궁으로 전달되었다.
대원군이 눈을 크게 떴다.
"뭐라고? 지금 누구의 상소가 올라왔다고?"
도승지 정기회(鄭基會)가 몸을 숙였다.
"전 동부승지 최익현이 상소를 올렸사옵니다. 그런데 그 내용이 너무도 황망하고 참람해서 감히 입에 올리기도 어려울 정도입니다."

대원군도 이때만 해도 최익현의 상소에 무엇이 적혔는지 몰랐다. 그랬기에 평상시에 느낀 바대로 생각을 밝혔다.

"상소란 자신의 뜻을 주상에게 알리려는 일종의 정치 행위다. 최익현은 기호유림을 대표하는 자이니 아마도 내가 추진한 만동묘 폐쇄 정책을 비판했을 것이 분명하겠지."

"그런 내용도 들어 있지만 다른 내용도 있어서……. 그 내용은 저하께서 직접 읽어 보시는 것이 좋겠습니다."

정기회가 가져온 두루마리를 탁자에 올렸다. 대원군은 헛기침을 하고는 두루마리를 펼쳤다.

차음에는 평온했던 표정이 내용을 읽어 가면서 굳어졌다. 그럴수록 방 안의 공기는 싸늘하게 가라앉았으며 대원군이 상소를 다 읽었을 때는 완전히 얼음이 되어 있었다.

대원군은 상소를 덮고 눈을 감았다.

상소의 내용은 대신과 육경, 대간 등, 조정을 싸잡아 비판하고 있었다. 그리고 이륜두상(彝倫斁喪)이라는 문장을 적시하면서 윤리와 의리가 무너지고 있다고도 지적했다.

그렇다고 누가 무엇을 어떻게 잘못했는지는 지적하지 않았다. 오직 혼자 고고하고 모두가 잘못이라고 두루뭉술하게 비판한 것이다.

이런 식의 지적은 결코 신하가 군주에게 할 수 있는 형식이 아니다. 명분과 절차를 중요시하는 최익현이 쓴 문구로 보기에는 뭔가 이상했다.

"……주상은 뭐라 하셨나?"

"매우 가상하시다면서 호조참판(戶曹參判)으로 제수하셨사옵니다."

대원군이 눈을 번쩍 떴다.

그런 그의 눈에서는 불이 일고 있었다.

"뭐라? 질책하지 않고 참판에 제수해?"

"그렇사옵니다. 그뿐이 아니라 최익현의 상소가 정직한 말이라며 치하했습니다. 그리고 만일 다른 의견을 내는 사람이 있다면 소인이나 다름없다는 말도 하셨고요."

쾅!

분노한 대원군이 탁자를 내리쳤다.

"정녕, 정녕 주상이 이 상소를 보고도 그런 말을 했다는 게냐?"

"그렇사옵니다."

"이, 이!"

대원군이 말을 잇지 못했다.

상소에는 그것만 적혀 있는 것이 아니었다.

조정 신하 중에는 개인을 섬기는 사람이 있다고 비판하고 있었다. 여기서 말하는 개인이란 대원군을 은유함이었다.

더구나 섭정이 정상적인 상태가 아니라고도 지적하고 있었다. 그런데 그것을 읽은 국왕이 최익현의 말이 옳다고 하며 관직까지 하사한 것이다.

그게 무슨 의미인지는 너무도 분명했다.

대원군이 장탄식을 했다.

"아아! 주상이 어찌 이럴 수가 있단 말인가? 조정과 나를 능멸한 자에게 관직까지 하사하다니!"

분기가 치솟은 흥선대원군이 자리에서 벌떡 일어났다. 방 안에 있던 영돈녕부사(領敦寧府事) 홍순목(洪淳穆)이 급히 나섰다.

"국태공 저하(國太公邸下), 고정하십시오. 이럴 때일수록 진 중, 또 진중하셔야 합니다. 지금은 분노가 앞서면 어떠한 일 도 해결할 수 없습니다."

대원군의 존칭은 몇 번 바뀌었다.

처음에는 대원군을 그대로 불렀다.

그러다 대원위가 되었으며 얼마 전부터는 국태공 저하로 불리고 있었다. 살아 있는 공작이 되었으며, 세자와 같은 저 하라는 경칭까지 붙여졌다.

홍순목은 전임 영의정으로 조정 중신 중 최고의 대신이다. 그런 홍순목이 저하라는 존호까지 하니 흥선대원군도 바로 정색했다.

대원군이 진심으로 사과했다.

"미안합니다, 대감. 이대로 대궐로 들어갔다간 무슨 사달 이 날지 모르는데. 내가 잠시 정신이 나갔었나 봅니다."

홍순목이 위로했다.

"아닙니다. 충분히 그럴 만한 상황입니다. 제가 들어도 가

슴이 답답한데 저하께서는 오죽하시겠습니까? 그러나 저들
이 무엇을 노리는지는 저하께서 더 잘 아실 것입니다. 지금
은 무조건 자중자애하실 때입니다."

"알겠습니다. 대감의 말씀대로 내 이 정도의 일로 결코 흔
들리지 않으리다."

"잘 생각하셨습니다."

잠시 방 안에 침묵이 감돌았다.

대원군이 도승지에게 확인했다.

"대궐의 분위기는 어떠한가?"

"송구하오나 의외로 조용합니다."

대원군의 눈썹이 꿈틀했다.

"그래? 그러면 중궁전은 사정이 어떤가?"

"병조판서 대감과 예조참판 영감이 들어 있는 것으로 아옵
니다."

대원군의 안면이 일그러졌다.

"두 형제가 모두 들어 있다고?"

"예, 저하."

홍순목이 나섰다.

"국태공 저하, 도승지가 대궐을 너무 오래 비우면 그 또한
빌미가 됩니다. 하오니 이만 도승지를 보내도록 하시지요."

대원군이 즉각 동의했다.

"알겠습니다. 도승지는 돌아가 주상께 내가 상소를 잘 받

았다고 전해 주게."

정기회가 몸을 숙였다.

"그럼 소인은 돌아가 대내 상황을 빠짐없이 살펴보겠사옵
니다."

"부탁하네. 그리고 상선에게 내가 따로 보자 한다고 전해
주게."

"퇴궐할 때 찾아뵈라 이르겠습니다."

"그러시게."

정기회가 나가자 홍순목이 입을 열었다.

"상황이 만만치 않습니다. 기호유림의 최익현이 나선 것
도 문제입니다. 허나 더 큰일은 주상 전하께서 그에게 손들
어 주었다는 사실입니다. 지금의 상황을 슬기롭게 타개하지
않는다면 정치적으로 큰 타격을 입을 수밖에 없습니다."

홍선대원군도 모르지 않았다.

"잘못 대처했다가는 내가 퇴진하는 일이 발생할 수도 있겠
지요."

"예, 허니 이번 일은 강하게 대처해야 합니다. 그러지 않
으면 불어오는 바람을 이기지 못하고 휩쓸리게 됩니다."

대원군도 위기 상황임을 절감했다.

"대감의 혜안이 있으시면 말씀해 주시지요. 세이경청을
하겠습니다."

홍순목이 잠시 숨을 고르고는 입을 열었다. 대원군은 그의

조언을 들으면서 장고에 들어갔다.

한양의 상황은 열 곳에 설치된 도청기에 의해 마고부대로 전송되었다. 덕분에 마고부대는 조선의 실상을 정확히 파악하고 있었다.

손인석이 감청 보고서를 훑었다.

"대원군 일파의 반격이 시작되겠구나."

대진이 보고했다.

도청기 설치는 대진이 상해를 다녀오고 나서 제안한 것이었다. 그 바람에 도감청에 대한 일체의 업무를 대진이 맡고 있었다.

"기록에 의하면 내일 좌의정 강로(姜浩)와 우의정 한계원(韓啓源)의 사직이 시작입니다. 그리고 다음 날인 27일 홍순목이 최익현의 처벌을 주장할 것이고요. 아울러 사헌부와 사간원, 홍문관과 승정원이 자신들의 잘못을 한다고 규탄한다고 합니다."

장병익이 혀를 찼다.

"쯧! 한 장의 상소가 조선을 완전히 뒤흔들었구나. 그러면 국왕이 고개를 숙이나?"

"아닙니다. 모조리 파직합니다."

장병익의 눈이 커졌다.

"그 모든 관리를 파직해?"

"그렇습니다."

"이야, 국왕도 끝까지 가 보겠다는 거구나. 그런데 국왕의 성격이 순하다고 하지 않았나?"

"그렇기는 합니다만 이번만큼은 국왕도 물러서지 않습니다."

"권력은 부자도 나누지 않는다고 하더니. 국왕도 작정하고 나서고 있구나. 아마도 왕비 일파의 세력을 믿고 그러는 거겠지?"

"그럴 가능성이 높습니다. 문제는 28일입니다. 기록에 따르면 병조판서 서상정(徐相鼎)을 비롯한 전현직 판서들이 대거 자신들을 규탄하며 사직상소를 올립니다. 그럼에도 국왕은 이들을 모조리 감봉 처분하고요. 그리고 성균관 유생들도 권당(捲堂)에 나섭니다. 이렇듯 온 조정이 들고일어났음에도 국왕은 요지부동이었지요."

"권당이 뭐지?"

"동맹휴학입니다."

장병익의 눈이 커졌다.

"유교 국가인 조선에서 성균관 유생들이 동맹휴학을 해? 그게 가능한 일이야?"

"유교 국가여서 성균관 유생의 권당이 더 힘을 받는 것입니다. 성균관 유생들은 과거를 준비하는 유생이기 전에 그들

자체가 정치 세력이기도 합니다."

"허! 놀라운 일이구나. 역사는 공부할수록 어려워."

그때 이야기를 듣던 손인석이 의문을 품었다.

"병조판서는 민승호가 아니었나?"

"바로 바뀌었습니다."

"그래?"

"유학에서 관리들은 문무겸전하고 다재다능해야 한다고 했습니다. 조선에서는 그런 유학의 가르침에 따라 관직을 수시로 바꿔 임용해 왔습니다."

대진이 관리의 임용 방식에 대해 설명했다. 그 말을 들은 손인석이 어이없어했다.

"아무리 그래도 어떻게 사흘이 멀다 하고 관직을 바꾸다니. 그렇게 해서야 해당 업무를 제대로 숙지나 하겠어?"

장병익도 거들었다.

"그러게 말입니다. 아무리 천재라고 해도 그 짧은 시간에 업무를 파악하는 것은 불가능하겠습니다."

대진이 설명했다.

"그것이 문제였습니다. 근본적인 취지는 나쁘지 않습니다. 그러나 수시로 바뀌는 관직 때문에 업무 장악을 제대로 못 하는 경우가 비일비재하게 일어납니다. 그로 인해 업무를 잘 아는 아전들이 실무를 거의 전담할 수밖에 없게 되었고요."

함대참모장이 거들었다.

"그것이 아전 비리의 원천이 되었습니다."

"맞습니다. 우리가 들어가면 당장 개선해야 할 부분이 그 것입니다. 조정 업무 중에는 전문 영역이 아주 많습니다. 그 부분을 조선에서는 아전들이 전담하고 있어서 비리 근절의 큰 걸림돌이 되고 있습니다."

손인석이 동조했다.

"관리를 전문화하자는 의견에는 나도 전적으로 동의한다. 하지만 그 문제는 다음에 논의하고 우선은 이번 일에 집중하 자. 이 과장, 계속 설명해."

"예, 제독님. 28일까지의 결과로 국왕의 심중이 어디에 있 는지 분명해집니다. 이렇게 되자 29일부터 최익현의 상소를 옹호하는 주장들이 하나둘 나오기 시작하고요."

모처럼 부사령관인 이기운이 나섰다.

"29일이 반대파의 반격 시점이라는 말이구나."

"그렇습니다. 그래서 저는 이 시점 전후가 가장 좋다고 생 각합니다. 28일이 좋은지 아니면 29일이 좋은지, 그것도 아 니면 다른 날이 좋은지를 결정해야 합니다."

손인석이 확인했다.

"최익현이 두 번째 상소를 올리는 날이 언제지?"

"11월 3일입니다."

"무조건 그날보다는 빨라야 되겠구나."

"예, 그렇습니다."

손인석이 모두를 둘러봤다.

"이 과장의 제안에 대해 논의해 주었으면 합니다. 먼저 함대참모장부터 의견을 내 보게."

김규식 대령이 나섰다.

"저는 29일이 좋다고 생각합니다. 대원군이 반대파의 반격을 보면 판단하는 데 도움이 될 거라고 예상됩니다."

장병익이 나섰다.

"저는 28일이 좋다고 생각됩니다. 사흘 동안 대원군 지지파가 엄청난 정치공세를 펼친다고 했습니다. 그런 공세에도 국왕이 꿈쩍도 하지 않는다면 대원군도 생각을 크게 바꿀 것으로 예상됩니다."

김규식이 다시 나섰다.

"반대파의 반응을 보고 오는 게 좋지 않을까? 만일 28일에 대원군을 데리고 온다면 반대파가 움직이지 않을 가능성도 있잖아?"

장병익이 대답했다.

"대원군이 사라진다면 한양이 뒤집어지겠지요. 그런 상황을 반대파가 어떻게 이용하는지 살펴보는 것도 중요하다고 생각됩니다."

손인석도 의견을 냈다.

"오히려 반대파의 공세가 더 높아지지 않을까?"

대진도 나섰다.

"그럴 가능성도 배제할 수는 없습니다."

여러 의견이 나왔다. 워낙 중대한 사안이었기에 토론은 꽤 오래 진행되었으며, 그런 논의 끝에 하나의 결론에 도달하게 되었다.

9장

　10월 26일.

　대원군 일파의 반격이 시작되었다.

　좌의정 강로와 우의정 한계원이 연명하여 사직을 청했다.
그러면서 자신들이 대책 없이 침묵만 지켰다고 편전에서 자
책했다.

　최익현이 상소로 비판했기에 사직한다는 의미였다. 그러
나 국왕은 최익현을 적극 두둔하며 비호했다.

　그리고 다음 날.

　대원군과의 계획대로 홍순목이 자책하며 사직을 청했다.
이 청원에도 국왕은 또다시 최익현을 두둔했다.

　이에 온 조정이 들고일어났다.

사헌부와 사간원의 대간들이 최익현의 상소를 강력하게 규탄했다. 그러자 국왕은 거꾸로 양사의 대간들을 모조리 파직했다.

이어서 승정원의 도승지와 승지들, 홍문관의 10여 명 관리들도 들고일어났다. 그럼에도 국왕은 이들도 모조리 파직했다.

그리고는 대사헌과 대사간을 자신을 지지하는 인물로 선임했다. 그야말로 강대강의 대치였다.

28일 오전의 진강(進講)에서 처음으로 최익현을 추국해야 한다는 주장이 나왔다. 그러나 이런 주장도 국왕은 단호히 배격했다.

그러자 병조판서 등이 연명하여 최익현을 비판하며 사직을 청했다. 놀랍게도 국왕은 이들의 사직이 잘못되었다며 감봉 조치를 취했다.

놀라운 조치였다. 보통 상신(相臣)과 육조판서가 연명하여 상소하면 국왕은 한발 물러서면서 비답을 내린다. 그게 아니라면 사직을 윤허하거나 파면 등의 정치적 조치를 취한다.

그런데 국왕은 감봉 조치를 취했다. 의외의 조치를 하며 육조판서의 연명상소를 에둘러 비판한 것이다.

그러자 최익현을 탄핵해야 한다는 상소가 연이어 들어왔다. 국왕은 상소한 형조참의 안기영과 정언 허원식을 바로 유배 보내 버렸다.

이번에는 성균관이 들고일어났다.

미래의 동량인 성균관 유생이 권당에 들어가자 국왕이 그 연유를 물었다. 그러자 유생들은 최익현이 이륜두상을 부르짖으며 자신을 제외한 모든 사람을 비판했다며 격렬히 비판했다.

이 비판에도 국왕은 물러서지 않았다. 오히려 최익현의 상소가 타당하다며 다시 옹호했다.

3일 동안 정치공세가 지속되었다.

공세가 이어지면 정치적 부담 때문에라도 적당히 물러서기 마련이다. 그러나 놀랍게도 국왕은 단 한 발도 물러서지 않았다.

오히려 최익현을 격렬하게 두둔하며 모든 반대 의견을 배척했다. 이런 국왕이 바라는 바가 무엇인지 이제는 모두 알게 되었다.

대원군은 10년 동안 권력을 장악하고는 거의 무소불위하게 국정을 운영해 왔다. 이런 와중에 과도 많았으나 공이 훨씬 더 많았다.

당백전 발행으로 물가가 요동치며 민심이 크게 출렁인 것은 사실이었다. 이것이 문제가 되어 물가 폭등과 세수 부족에 시달리며 화폐경제를 극악으로 전락해 있기는 했다.

그러나 개인적인 치부가 드러난 것은 아니었다. 그래서 아직은 대부분의 백성과 관리가 대원군에 대한 존경심과 두려움을 품고 있었다.

이렇듯 대원군은 지난 10년간 권력을 확고하게 장악하고 있었으며 추종 세력도 많았다. 그런데 이런 대원군을 반대파가 상소 한 장으로 찍어 내려 하고 있는 것이었다.

대원군은 쉽게 물러날 사람이 아니다. 그래서 사람들은 곧 무시무시한 칼바람이 휘몰아칠 것이라 예상했다.

이날 저녁, 민승호의 사랑채에는 이전보다 많은 사람들이 모여들었다.

조성하가 먼저 입을 열었다.

"요 며칠 놀라운 일을 우리는 보고 있습니다. 주상 전하께서 이렇게 강력한 의지로 우리에게 힘을 실어 주실 줄은 몰랐습니다. 감읍하고 또 감읍할 따름입니다."

민겸호가 목에 힘을 주었다.

"그 모두가 중전마마 덕분입니다. 중전께서 확고한 의지를 갖고 주상 전하의 뒤를 받쳐 주신 것이 결정적 역할을 하고 있습니다."

모든 사람들이 고개를 끄덕였다.

민승호가 조성하를 바라봤다.

"내일부터는 역공을 시작해야겠지요?"

"물론입니다. 사헌부 장령(掌令) 홍시형(洪時衡)이 먼저 상소를 올리기로 했습니다. 이어서 몇 명이 더 상소를 올리기로 했고요."

민승호가 고개를 저었다.

"안 됩니다. 그렇게 되면 세력 대 세력의 싸움이 될 수 있습니다. 그러니 상소는 한 번만 올리는 것이 좋겠습니다."

"온 조정이 들고일어난 형국입니다. 그런데 한 사람의 상소라면 너무 적지 않겠습니까?"

"그렇지 않습니다. 전하께서는 지난 사흘 동안 모든 압박을 정면으로 맞서 오셨습니다. 우리는 그런 주상께서 반격을 가할 물꼬만 터주면 됩니다."

민겸호가 다시 나섰다.

"형님 말씀대로 하십시오. 지금은 주상 전하를 전면에 내세워야지 우리가 나서면 될 일도 어그러질 수가 있습니다."

조영하도 동조했다.

"맞는 말씀입니다. 지금의 얽혀 있는 실타래는 주상 전하만이 풀 수 있습니다. 다른 사람이 나서면 곧바로 정쟁이 됩니다."

세 사람의 말에 조성하도 동의했다.

"알겠습니다. 그러면 다른 사람은 상소를 올리지 못하게 조치하겠습니다."

민승호가 흡족한 표정을 지었다.

"감사합니다. 그리고 적절한 시기에 최 참판이 다시 상소를 올려야 하는데 언제쯤이 적당한지 논의해 봅시다."

이 말에 방 안 사람들이 눈을 빛냈다. 그런 사람들은 열정을 갖고 자신의 의견을 개진해 나갔다.

같은 시각.

운현궁에도 몇 사람이 모여 있었다. 모여 있는 사람들의 표정은 하나같이 심각했다.

홍순목이 고개를 저었다.

"일이 요상하게 흘러갑니다. 우리가 이 정도로 나섰다면 우리 체면을 생각해서라도 전하께서는 잠시 물러나셨어야 합니다. 그런데 이건 대놓고 한쪽만 편들어 주시니……."

병조판서 서상정(徐相鼎)이 나섰다.

"주상 전하께서 이토록 일방의 편을 들어 주시니 해결난망입니다. 아무래도 저하께서 직접 나서야 할 것 같습니다."

다른 사람이 거들고 나섰다.

"저도 그게 최선으로 보입니다. 조선에서 주상 전하의 잘못을 바로잡을 분은 국태공뿐이십니다."

그러자 박규수가 반대했다.

"불가합니다. 지금 같은 상황에서 국태공 저하께서 나서셨다가는 더 큰일이 납니다. 만일 주상 전하께서 끝까지 최익현을 감싸신다면 어떻게 되겠습니까? 그렇게 되면 부자가 충돌하는 형국이 되면서 가장 중요한 명분을 잃게 됩니다."

홍순목도 동조했다.

"맞는 말입니다. 지금 나서셨다가는 치명적인 타격을 입을 수가 있습니다."

이경하가 나섰다.

"훈련도감과 오군영의 병력 상황을 확실히 점검할 필요가 있겠습니다."

병력이란 말에 모두가 움찔했다. 대원군도 설마 하는 표정으로 이경하를 바라봤다.

"그럴 필요까지 있겠소?"

이경하가 고개를 저었다.

"백척간두(百尺竿頭)의 상황입니다. 한 발 삐끗하면 그대로 낭떠러지로 떨어지게 됩니다. 그런 일을 미연에 방지하기 위해서라도 짚고 넘어가야 할 일은 반드시 해야 합니다."

대원군이 고개를 저었다.

"상황이 좋지 않은 것은 사실입니다. 허나 무력을 동원해야 하는 최악까지는 생각하지 맙시다."

"저도 거기까지 갈 거라고 생각하고 싶지 않습니다. 허나 지금의 상황이 그렇게 흘러가는 것을 어떡하겠습니까?"

대원군의 입에서 절로 한숨이 나왔다.

"후!"

"주상 전하께서도 이제는 쉽게 되돌릴 수 없는 형국이 되었습니다. 만일 전하께 상황을 수습할 생각이 계셨다면 은밀하게라도 저하께 사람을 보내셨겠지요. 그러나 지금은 저하께서 직접 나서기도 쉽지 않게 되어 가고 있습니다."

대원군이 씁쓸해했다.

"대감이 정확히 짚었소이다. 지금은 내가 나서는 것도 쉽지 않게 되었어요. 후! 정치는 중용인데 우리 주상이 왜 이렇게 극단으로 치닫고 있는지 참으로 답답할 따름이오."

방 안의 공기가 무거워졌다.

방 안 사람들도 왕비와 민씨 일파가 일을 키우고 있다는 사실을 모르지 않았다. 그러나 누구도 그런 말을 쉽게 입에 올리지 못했다.

이러한 상황을 마고부대에서는 실시간으로 파악하고 있었다. 마고부대는 며칠 전부터 무인정찰기 몇 대를 한양에 고정시켜 놓고 있었다.

마고부대가 보유한 무인정찰기는 10여 대 남짓이었다. 마고부대는 이 무인정찰기를 활용해 그동안 조선을 샅샅이 정찰해 왔다.

때로는 몇 대가 동원되기도 했으며, 때로는 한 곳을 몇 번이나 정찰하기도 했다. 반년 넘게 진행된 정찰 결과, 마고부대는 조선 전체에 대한 실제 지도를 완성할 수 있었다.

그러면서 조선의 실상을 보다 더 확실하게 파악할 수 있었다. 이런 무인정찰기가 최익현의 상소를 기점으로 전부 한양에 투입되어 있었다.

정찰기들은 대궐과 운현궁, 그리고 민승호의 저택을 중심으로 집중 배치되었다. 무인정찰기의 고정 고도는 높아서 지상에서는 그저 새 정도로 보일 뿐이었다.

덕분에 조선의 주요 인사들의 동정을 확실히 확보할 수 있었다. 여기에 곳곳에 설치된 도청기로 한양의 분위기를 실시간으로 접하고 있었다.

대진은 지난 며칠 동안 한양 상황을 철저하게 챙겨 왔다. 그런 오늘 운현궁과 민승호 저택의 상황을 취합해 지휘관 회의에 참석했다.

회의는 대진의 보고로 시작되었다. 보고는 무인정찰기가 확보한 동영상과 함께 진행되면서 지휘관들의 집중도를 더 높여 주었다.

"……이상으로 한양 상황 보고를 마치겠습니다."

손인석이 확인했다.

"우리가 알고 있는 상황과 달라진 점은 없나?"

"없습니다."

"다행이구나. 작전에서 가장 큰 문제가 변수인데 그것은 신경 쓰지 않아도 되겠어."

남우식 항공전단장이 문제를 지적했다.

"병권을 확실하게 장악한 대원군입니다. 그런 대원군이 병력 동원을 염두에 두지도 않는다는 사실이 의외입니다."

장병익도 거들었다.

"그러게 말입니다. 대원군이 병력을 동원한 반격을 일체
하고 있지 않네요."

손인석이 대진을 바라봤다.

"이 과장, 거기에 대해 조사한 바가 있나?"

대진이 나섰다.

"영·정조를 거치면서 왕권은 이전보다 훨씬 공고해졌습
니다. 그래서 대원군도 병력을 동원한다는 생각을 하지 않는
것 같습니다."

"안동 김씨가 60여 년 동안 세도정치를 했잖아? 그런데도
왕권이 공고했다고?"

"그렇습니다. 세도정치가 활개를 치게 된 것은 전적으로
무력한 국왕들 때문이었습니다. 선조(宣祖)가 유약하지 않았
다면 안동 김씨의 세도정치는 그리 오래가지 않았을 겁니다.
아니, 시작도 못 했을 가능성이 높지요."

함대참모장이 거들었다.

"정확한 지적입니다. 20여년 세도를 부리던 안동 김씨도
풍양 조씨가 등장하면서 바로 무력해졌었습니다. 물론 양측
이 권력을 분점했지만 이는 풍양 조씨에 인물이 그만큼 없었
기 때문입니다."

대진이 다시 나섰다.

"그렇습니다. 효명 세자의 대리청정 기간과 헌종이 친정

할 때도 세도를 부리던 권신들을 그대로 찍어 냈었습니다. 그 두 부자가 단명하지 않았다면 조선의 역사는 완전히 달라졌을 것입니다."

모두가 심각하게 고개를 끄덕였다.

대진이 말을 이었다.

"철종은 안동 김씨가 선택한 왕입니다. 그래서 재위 기간 동안 세도정치의 폐해가 가장 극심했고요. 그러다 조 대비의 도움으로 지금의 국왕이 등극하면서 안동 김씨도 바로 몰락했습니다. 제대로 저항 한 번 못 해 보고요."

모두의 고개가 다시 끄덕여졌다.

대진의 말이 이어졌다.

"지금도 마찬가지입니다. 10년 권력을 휘둘렀던 대원군입니다. 그런 대원군도 국왕이 강력하게 나가니 제대로 대응도 못 하고 있는 것입니다."

"으음! 일리가 있는 분석이야."

손인석이 침음했다. 그런 손인석에게 시선을 주며 대진이 입을 열었다.

"그러나 대원군은 다릅니다."

다음 권으로 이어집니다

사상 최강의 양손투수

RAS 스포츠 장편소설

천둥 같은 좌완 파이어볼러
지진 같은 우완 언더핸드
양어깨로 펼쳐 내는 불꽃 컬래버레이션!

30대 중반 데뷔, 3회 연속 사이 영 상 수상
대기록의 소유자, 불굴의 천재
그러나 마음속 한구석에 꿈틀거리는 거대한 아쉬움

조금만 더 일찍 도전했더라면……

미련의 절정에서 19세로 회귀했다?
이제 양어깨에 양키스의 명운을 진 채
다시 한번 로열로드를 걸어간다!

믿어라, 그리하면 신이 강림할지니
스위치 피처 김신金信의 투수신投手神 등극기!

꿈의 도약, 로크에서 하십시오
(주)로크미디어에서 신인 작가를 모십니다

즐거운 세상, 로크미디어는 꿈을 사랑하고 도전을 두려워하지 않는 작가 분들의 참신한 작품을 기다리고 있습니다. 21세기 장르 문학계를 이끌어 갈 차세대 선두 주자 (주)로크미디어에서 여러분의 나래를 활짝 펴 보시길 바랍니다.

모집 분야 판타지와 무협을 포함한 장르 문학
모집 대상 아마추어 작가, 인터넷 작가
모집 기한 수시 모집
   작품 접수 시 유의 사항
   1. 파일명은 작가명_작품명.hwp형식을 갖춰 주십시오.
   1. 파일에 들어갈 내용은 다음과 같습니다.
      ─ 성명(필명인 경우 실명을 밝혀 주세요), 연락처, 이메일 주소
      ─ 제목, 기획 의도
      ─ A4용지 1장 분량의 등장인물 소개
      ─ A4용지 2장 분량의 전체 줄거리
      ─ 본문
   1. 작품이 인터넷에 연재되고 있다면, 게시판명과 사이트의 구체적이고 정확한 주소를 기재해 주십시오.

선택된 작품은 정식 계약 후 출판물로 간행되어 전국 서점에 유통됩니다.
작가 분은 (주)로크미디어의 전폭적인 지원하에 전속 작가로 활동하시게 됩니다.
※ 자세한 내용은 로크미디어 홈페이지(rokmedia.com)를 참조하세요.

(04167)서울시 마포구 마포대로 45 일진빌딩 6층
(주)로크미디어 편집부 신간 기획 담당자 앞
전화 : 02) 3273-5135
www.rokmedia.com   이메일 : rokmedia@empas.com